FELIPE CATTAPAN

Um espaço Além do tempo, Um tempo Além do espaço

KOTTER
EDITORIAL

Coordenação Editorial: Sálvio Nienkötter
Editor-Executivo: Daniel Osiecki
Editor-adjunto: Claudecir de Oliveira Rocha
Capa: Jussara Salazar
Design editorial: Carlos Garcia Fernandes
Produção: Cristiane Nienkötter
Revisão e preparação de originais: O Autor

Dados Internacionais de Catalogação na Publicação (CIP)
Angelica Ilacqua CRB-8/7057

C36e
Cattapan, Felipe
Um espaço além do tempo, um tempo além do espaço / Felipe Cattapan. – 1 ed. – Curitiba : Kotter editorial, 2024.
160 p.

ISBN 978-65-5361-314-0

1. Ficção brasileira I. Título

CDD B869.3

24-1586

KOTTER EDITORIAL

Kotter Editorial Ltda.
Rua das Cerejeiras, 194
CEP: 82700-510 - Curitiba - PR
Tel. + 55(41) 3585-5161
www.kotter.com.br | contato@kotter.com.br

Feito o depósito legal
1ª Edição
2024

FELIPE CATTAPAN

Um espaço
Além do tempo,
Um tempo
Além do espaço

Sumário

Nota do Autor

O presente livro contém duas obras inéditas, inteiramente independentes, completamente distintas: a peça de teatro "X Minutos" (concluída em 27/5/2018) e a novela "Emulação" (concluída em 19/1/2020).

Por motivos unicamente editoriais decidi reuni-las em um mesmo volume. O relativo atraso da publicação foi ocasionado, em grande parte, pelo advento imprevisível da recente pandemia.

Por coincidência ou não, só agora notei, ao escolher o título do livro, que ambos os textos versam, cada um através de um outro ângulo, sobre uma mesma temática bidimensional: um espaço além do tempo, um tempo além do espaço... que assim – involuntariamente – aqui se complementam! Como escritor, me senti inteiramente surpreendido pela gratificante unicidade desta conexão tardia; enquanto autor, pressinto que esta união só se completará ao se vincular com o elo final – e mais singular – de todo o processo criativo: com a amplitude poética do presente leitor.

X Minutos

(x = duração em minutos da presente encenação)

Peça em 4 movimentos (e 3 intervalos) composta
por Felipe Cattapan

A música é a organização de sons e silêncios
(frase atribuída ao compositor Edgard Varèse)

Dedicada aos meus pais, à minha mulher e ao meu filho
– por me possibilitarem que esta música se tornasse real

Nota ao diretor/leitor

Esta peça foi escrita livremente inspirada na estrutura de uma sinfonia clássica: cada movimento corresponde a um ato. Há, contudo, uma correlação temática entre os seus quatro movimentos e um lento desenvolvimento poético da sua linguagem que interconectam toda a obra. Abaixo seguem algumas sugestões gerais para o andamento e o estilo de cada um destes movimentos – sempre lembrando que as variações agógicas são adaptáveis às necessidades do palco: os instantes poéticos que aparentemente comoverem o público, por exemplo, poderão ser espontaneamente prolongados. E a expressão e o caráter, quando não descritos, ficarão a critério da intuição dos atores/leitores e do diretor – ou da reação do público.

1.° movimento: após uma lenta introdução sem diálogos, propõe uma recriação da forma sonata – desenvolvendo um conflito entre o 1.° tema (o mundo do trabalho) e o 2.° (a saída do trabalho). Escrito numa linguagem propositalmente repetitiva e cotidiana, causa mais impacto se executado com o dinamismo de um "allegro"; as interrupções bruscas devem soar como pontos culminantes de uma tensão crescente e às vezes acelerante; as "espreguiçadas" verbais e corporais, por sua vez, funcionam como breves momentos de relaxamento: líricos mas transitórios. A ironia, se utilizada para intensificar a agilidade da encenação/leitura, pode se demonstrar eficaz.

2.° movimento: sugere as reminiscências líricas e pessoais dos dois personagens através de um tema com variações. Após um breve mas hesitante prelúdio, o 2.° homem propõe variações (comentários) sobre as falas do 1.°. Quase impressionista, a linguagem tenta atingir uma dimensão mais reflexiva, tateando no escuro e buscando no ar as palavras adequadas em direção à poesia (a princípio sem grande êxito); um "andante matutante" ajudaria estas falhas do texto a soarem mais expressivas – e a insinuarem a possibilidade de uma poesia latente.

3.° movimento: neste breve "scherzo" os dois homens brincam juntos como duas crianças. Teatral, o 1.° ilude o outro para reviverem algumas narrativas dos movimentos anteriores. Na parte central ("trio") ambos preferem encená-las só com objetos. Em seguida, o "scherzo" volta parcialmente variado – sendo interrompido de repente. Como este movimento tematiza principalmente a própria movimentação, a estrutura clássica tradicional oferece uma pulsação adequada: "vivace" ("scherzo"), "meno mosso" ("trio") e "vivace" ("scherzo") novamente.

4.° movimento: funciona como um grande "finale" – que resume, desenvolve e transcende os outros movimentos graças a um inusitado diálogo com todos os estilos possíveis e imaginários. Nesta verdadeira peça na peça, o público deve ser frequentemente surpreendido sem perceber se a respectiva surpresa foi ou não ensaiada. Para tanto, o(s) tempo(s) fica(m) inteiramente a critério da intuição dos atores/leitores e do público... Afinal – depois de tantas tentativas – ela agora, com certeza, funcionará com eficácia.

As rubricas sempre se encontram entre [ ] e frequentemente oferecem um espaço aberto ao desenvolvimento da inspiração do diretor, dos atores e dos leitores.

Observação: naturalmente a peça pode ser lida ou representada sem que as sugestões acima sejam obedecidas. Por outro lado, o texto (incluindo as rubricas) só poderá ser eventualmente modificado com uma permissão por escrito do autor.

Horgen (Zurique), 27/5/2018

O Autor

Personagens:

1.° homem – funcionário de uma grande companhia; atualmente a trabalho no exterior.
2.° homem – o mais semelhante possível ao 1.°; funciona, a princípio, como um reflexo – ou reflexão – do outro.

Cenário:

O palco representa um escritório no exterior de uma filial de uma grande companhia: simetricamente mobiliado com o mínimo possível de objetos.

Temática:

De uma forma direta ou indireta, os principais temas propostos são consequências de um permanente diálogo com a minha obra anterior ("Densidades Cíclicas").

1.° Movimento

[Silêncio, escuridão.

Surgindo do nada, ouve-se – indiferente – o tique-taque de um relógio. A princípio quase inaudível, começa a crescer de intensidade até se tornar tão presente quanto a voz de um ser humano; depois, retorna gradativamente ao silêncio – onde desaparece. Este gesto sonoro insinua uma breve parábola temporal: a duração do aumento da sua intensidade é igual à da sua diminuição. Esta simetria, por sua vez, inspirará a composição dos próximos movimentos...

Surgindo aos poucos do nada, vê-se – na parte esquerda do palco – um feixe de luz vertical. É uma consequência visual do tique-taque do relógio: a duração do aumento da sua intensidade é igual à de toda a parábola sonora anterior. Vindo de cima, ilumina gradativamente um homem sentado numa cadeira – de costas para a plateia. Impessoal, ele está vestido com uma camisa branca e calças, meias e sapatos escuros; o seu paletó, igualmente escuro, foi colocado – como em todos os escritórios do universo – no encosto da sua cadeira. Apesar do cenário propício, ele não está trabalhando: permanece imóvel, com a mão apoiando o queixo e a cabeça levemente inclinada para a esquerda – aparentemente procurando a direção certa para se prosseguir... Quando a intensidade do feixe de luz atinge o seu ponto máximo, ele inspira fundo e pousa calmamente as mãos – como um pianista antes de começar a exercitar uma peça desconhecida – no teclado do computador na mesa em frente; após um momento, expira e arrisca uma continuação: um dos seus dedos se move e aperta levemente uma tecla qualquer. Algum tempo depois, um outro dedo repete a mesma ação; e depois um outro e um outro e um outro, com cada vez menos espaço de tempo entre os sons, com intensidade e velocidade crescentes até atingirem uma dinâmica e um ritmo aparentemente normais – ou seja: até todos os dedos se contagiarem mutuamente pela musicalidade dos seus movimentos. A partir deste instante o feixe de luz cresce gradativamente, iluminando toda a parte esquerda do palco – a qual, fora o funcionário recém-descrito, se encontra completamente vazia. Sua única companhia, com exceção do computador, é uma folha em branco com uma caneta em cima – ambas intocadas – à esquerda do teclado. Levemente inclinada para a direita, a caneta parece – no entanto – apontar para uma direção nova e tentadora... Quando a intensidade da luz atinge o seu ponto máximo, o homem para; retorna à posição anterior, apoiando o queixo e inclinando levemente a cabeça para a esquerda. Depois recomeça a apertar as teclas como antes – até parar novamente, talvez refletindo sobre um possível redirecionamento... Em seguida recomeça mais uma vez – agora, porém, com mais e mais pausas: a intensidade começa a diminuir, a quantidade de teclas apertadas também – os agrupamentos sonoros vão se rarefazendo a cada novo grupo... Finalmente, o homem aperta – decidido, com vigor – uma última tecla. E afirma:]

– E ponto final!

[Do nada, começa a surgir, novamente, um feixe de luz vertical acompanhado de diversos sons – desta vez no lado direito do palco. Ali se inicia todo um reflexo audiovisual, uma variação levemente acelerada de tudo o que ocorreu até então: um outro homem (incrivelmente semelhante ao anterior) também está sentado de costas para a plateia, vestido exatamente como o primeiro (incluindo o paletó universal no encosto da cadeira) e com os dedos se movendo no teclado do seu computador – na mesa na sua frente – com velocidade e intensidade crescentes... A única diferença é que a luz, vinda de cima e agora impaciente, começa lentamente a crescer desde os primeiros sons do teclado. Consequente, o segundo homem também propõe pequenas variações sobre as ações anteriores: às vezes para, reflete apoiando o queixo, olha em direção à direita, recomeça a apertar as teclas com mais e mais pausas, etc.. Estas variações, no entanto, são executadas de uma forma livre – com a aparente espontaneidade de uma improvisação. Quando a intensidade da luz atinge o seu ponto máximo, vê-se o palco inteiro completamente iluminado: seguindo o direcionamento proposto até então, à direita do segundo computador há uma folha em branco – com uma caneta em cima apontando levemente para a esquerda... desta vez, a única diferença se resume numa fita adesiva no canto superior direito da segunda mesa. Contudo, é no meio do palco que se veem – agora com toda a nitidez – os dois principais personagens de toda a obra: um descomunal relógio de ponteiros pendurado na parede, obsessivamente cotidiano no seu tempo real; e um objeto ainda desconhecido, maior do que o relógio e posicionado logo abaixo dele: ... aparentemente se trata de um grande cilindro achatado de madeira, com bases amplas, altura reduzida, uma das bases aberta e a outra fechada; está encostado verticalmente na parede, no fundo do palco – ou seja: apoiado sobre a sua superfície lateral, com a base vazia de frente para a plateia... (talvez tentando amplificar o tique-taque inaudível do relógio)?...

Durante o decorrer desta improvisação acima descrita, o 1° homem vira o seu corpo muito lentamente para a direita – se posicionando, ao final, de frente para o 2.°. Que, de repente, aperta vigorosamente uma última tecla e afirma:]

– Pronto! [Vira-se para a esquerda, de frente para o outro. Eles se entreolham.]

[Breve pausa].

2.°: Já acabou?

1.°: Já. [Brevíssima pausa]. E, pelo que eu estou vendo, você também...

2.°: Nunca se sabe...

1.°: Pois é...

2.°: ... ninguém sabe.

[Brevíssima pausa; o 2.° se vira de frente para a sua mesa; em seguida, o 1.° também].

1.°: O que eu não sabia... é que tinha mais alguém por aqui!...

2.°: Eu também não. Até agora.

1.°: Vai ver que é o excesso de trabalho...

2.°: É: ... dizem que agora isso é comum.

1.°: Quem disse isso?

2.°: O "coach", ora! Quem mais?!

1.°: Mas, afinal... não foi pra isso que nós viemos até aqui? Pra trabalhar!...

2.°: Segundo o "coach", não... [Vira a cadeira de frente para o outro]. Ou não somente...

[Breve pausa].

1.°: [Virando a cadeira de frente para o outro, porém evitando olhá-lo frontalmente]. Pois... sabe que eu nunca vi esse tal de "coach"?...

2.°: Ninguém nunca o viu. Só ouviu...

1.°: ... E o que é que ele diz?

2.°: Dizem que ele nunca é realmente concreto... Que ele tenta... reinterpretar a nossa realidade de qualquer forma – e a qualquer custo... tentando atenuar a tensão que vem junto com a nossa pretensão... Uma repressão da pressão!...

1.°: Que tal tentar ser mais concreto?

2.°: Desta vez, por exemplo. Ouvi dizer que ele fez uma observação qualquer sobre um determinado objeto... [Breve pausa, na qual ele, olhando pela primeira vez por todo o palco, esboça um pequeno gesto – como se a sua mão estivesse tentando desvendar onde se encontraria o que os seus olhos buscam]... pretendendo nos convencer de que tal objeto poderia ressignificar determinadas relações...

1.°: ... E é pra isso que viemos até aqui?

2.°: Ninguém sabe quais são as suas verdadeiras intenções...

1.°: ... Não deixa de ser pretensioso: ficarmos aqui isolados do resto do mundo esse tempo todo... Num escritório mobiliado de uma filial da nossa companhia num país estrangeiro!... Quanto custa isso tudo? E quem vai acabar pagando?! [Encara o outro].

2.°: ... vai acabar é parecendo um teste...

1.°: ... onde – sabe-se lá porquê – a quantidade final de trabalho será bem menor do que se pretendia inicialmente!

2.°: Quem disse isso?

1.°: ... Eu... – me parece.

2.°: Que tal ser mais concreto?

1.°: [Aponta para o relógio]. Pelo o que eu sei, pelo o que eu ouvi dizer, ainda ficaremos y [y = quantidade de minutos que falta para a peça acabar] minutos aqui dentro...

2.°: ... E a sua maior preocupação é que não haja trabalho suficiente?

1.°: Não deixa de ser estranho, numa companhia grande como a nossa...

2.°: Talvez ainda mais estranha seja a principal ocupação da maior parte dos nossos colegas: se preocupar permanentemente em como se ter ou se manter a seguinte sensação!: [Espreguiça-se, longamente, de olhos fechados].

[Brevíssima pausa].

1.°: ... Talvez seja a única forma que conhecemos de nos aproximarmos da liberdade... [O outro abre os olhos].

2.°: Pois então, concretize-a! [Levantando-se, começa a caminhar formando um círculo ao redor do outro].

1.°: Agora mesmo!... Se eu pudesse sair daqui...

2.°: ... Não sou eu quem vai impedir...

1.°: Ora, você sabe tão bem quanto eu. E os nossos colegas – ou a maior parte deles... O previsto é ficarmos aqui dentro até as z [z = horário exato em que a peça acaba] horas.

2.°: Só fiquei sabendo disto através de você. E portanto agora – ou há alguns minutos...

1.°: Vamos lá, você sabe tão bem quanto eu o que isso poderia significar... Alguém poderia me ver saindo...

2.°: Posso saber quem seria esse alguém?

1.°: Ninguém sabe...

2.°: Vem cá! Se você está querendo me testar, fique sabendo que eu não vou contar nada a ninguém! E se pretende ficar sentado nesta cadeira – por livre e espontânea pressão – durante os próximos y [y = quantidade de minutos que falta para a peça acabar] minutos, reconheça a sua própria inércia!

1.°: Inércia? Teste? Seria melhor ficar rodando aqui dentro até as z [z = horário exato em que a peça acaba] horas?!

2.°: [Para – exatamente atrás do 1.°]. E o que você pretenderia fazer lá fora?

1.°: Sei lá! [Levanta-se e começa a caminhar, em círculo, para o lado direito do palco]... ainda não sei dizer... [Brevíssima pausa – mas sem parar de caminhar]... Que tal... sair?... [Tentando espreguiçar as palavras]. Para comer. Qualquer coisa. Em algum lugar. Com alguém. Comer alguma coisa em algum lugar... Com uma mulher. Comer uma mulher. Em qualquer lugar. E depois comer qualquer coisa. Para contar... a alguém. O que é comer uma outra mulher num outro lugar. Para comer mais. Para contar mais. A alguéns. Para comer mais mais...

2.°: [Interrompendo] Para depois descomer. E voltar para cá.

1.°: Para depois sair de novo...

2.°: ... e de novo voltar...

1.°: A variedade... a variação é o que nos move.

2.°: Estranho: segundo o "coach" deveria ser o significado do seu trabalho, do seu papel, para a nossa companhia...

1.°: [Interrompe o círculo bem no meio do palco, embaixo do relógio – e encara o outro]. Pois venha cá agora digo eu! Agora é você quem está querendo me testar? Fique sabendo que eu sei que, para o "coach", o meu papel aqui, agora e concretamente é realmente bem significativo!

2.°: ... Ele disse o mesmo sobre mim...

1.°: Pois que diga! Que digam. O que quiserem, o que você quiser. [Senta-se na cadeira do lado direito do palco, virando-a parcialmente para a plateia]. Que seja assim – e assim seja: [tentando espreguiçar a voz] interpretação ou reinterpretação; significação ou ressignificação; relação ou correlação. Qualquer coisa. Qualquer lugar-comum. Que nos faça sair. Para algum lugar qualquer... Para depois voltarmos... com a sensação de que, no final das contas, agora seremos mais produtivos e eficientes.

2.°: Todas essas variações... tudo isso... só para trabalharmos um pouco mais?

1.°: Não: tudo isso só para dizer... que o simples fato do "coach" falar conosco... ou ao menos sobre nós... já concretiza o nosso significado! Realiza o nosso papel.

2.°: ... Ou nos leva a fazer um teste qualquer – realizado por um "coach" pretensioso e pouco objetivo.

1.°: Mas objetivamente: o que é que estaria sendo testado aqui, afinal?!

[Breve pausa. O 2.° se senta na cadeira à esquerda, virando-a parcialmente para a plateia].

2.°: Não sei... talvez a repetitividade, a inércia... Ou, quem sabe, o significado da liberdade?

1.°: ... Para quem: para você ou para mim?

2.°: Para nós.

1.°: Pois então o teste será simples...

2.°: Tão simples quanto for a nossa interpretação dessa ideia... Afinal, o que é liberdade?

1.°: Para que e para quem?

2.°: Ora, para nós!

1.°: Talvez seja a nossa própria repetitividade – ou inércia...

2.°: Não, desta vez vamos tentar uma reinterpretação... Por que não partirmos de um outro princípio?... Que tal alguma coisa em torno da... circunscrição da opressão?

1.°: O quê?

2.°: ... Ou da pressão da repressão?...

1.°: Vamos tentar, desta vez, ser finalmente concretos!

2.°: Pois então, atenção: há alguma correlação entre tensão e interação? Ou seja: o quanto de tensão pode suportar uma relação?...

1.°: ... Ou seja?...

2.°: ... Até que ponto poderemos fechar o círculo ao redor do nosso interlocutor – sem que ele se cale definitivamente?

1.°: É este o seu significado de liberdade?

2.°: Não somente meu: depois do teste, talvez nosso! [Levanta-se e começa a caminhar descrevendo um amplo círculo – que pretende abranger todo o palco].

1.°: Talvez o melhor mesmo seja sair por algum tempo... para atenuar a tensão...

2.°: Quem sabe não é esta tensão a pretensão do teste? E, portanto, o nosso objetivo final.

1.°: Talvez seja simplesmente um subproduto do excesso de trabalho. [Levanta-se e começa a andar em linha reta até a outra cadeira; ao chegar lá, volta à cadeira anterior – e assim por diante].

2.°: [Enquanto o outro se levanta] Não: ela é bem real e concreta – é a nossa principal produção!

1.°: Por que você sempre repete "nossa"?

2.°: Aqui dentro os nossos papéis, ou seja: os nossos significados, são sempre iguais.

1.°: Isto não passa de uma pretensão sua: você não vê nenhum grande significado no trabalho e eu vejo; você se desvia do nosso objetivo enquanto eu sigo em linha reta; você quer ficar, eu quero sair!

2.°: Isto porque você ainda consegue ressignificar o seu sair... Espreguiçar a sua pausa!

1.°: Pois então me realizarei nas minhas pausas.

2.°: Variar as pausas para se sentir mais livre... Parece o "coach" falando...

1.°: Esta fala é minha – e disto eu estou certo!

2.°: ... e olha que o "coach" só diz esse tipo de coisa trabalhando...

1.°: Pois eu digo e repito, agora e sempre!

2.°: Repetindo e variando...

1.°: Circulando e contornando...

2.°: Circundando o objetivo?!

1.°: Não: repetindo e se repetindo! Ninguém aqui está mais variando!

2.°: Nem avariando ou repelindo?

1.°: Correpetindo.

2.°: Compelindo.

1.°: Compilado.

2.°: Comprimido.

1.°: Co

2.°: oprimido.

1.°: Re

2.° primindo.

1.°: Pressionando.

2.°: Tensionando?

1.°: Tensionando-se.

2.°: Testando?

1.°: ... Testando!

[Pausa. Ambos param de se mover].

1.°: Um teste. É só isso?

2.°: ... Faz esses y [y = quantidade de minutos que falta para a peça acabar] minutos passarem mais rápido...

1.°: ... E nada a mais do que isso?

2.°: Se houver algo a mais é com o "coach"... Eu só posso realizar um teste.

1.°: Pois então... [Virando-se de frente para o outro] Comecemos agora! [Os 2 começam a se mover simultaneamente, sempre face a face – como se fossem duelar – se aproximando lentamente do "objeto"; esta movimentação é liderada, sutilmente, pelo 2.°]...

2.°: ... já começamos há algum tempo...

1.°: Então terminemos agora!

2.°: ... Comecemos a terminar... a nos terminar!...

1.°: Aonde você pretende chegar?

2.°: Eu não: o "coach".

1.°: Como assim?

2.°: Olhe bem ao nosso redor... à sua volta... Não consegue ver nada?... Nada a mais do que deveria ser visto num escritório mobiliado de uma filial da nossa companhia num país estrangeiro? [Chegam, agora, bem perto do "objeto" – e ali param; breve pausa, durante a qual o 1.° olha à sua volta, ao seu redor e esboça um pequeno gesto – como se a sua mão estivesse tentando desvendar onde se encontraria esse algo (ou esse nada) a mais... De repente, o seu dedo para no ar: está apontando para o "objeto"]...

1.°: ... Isto?

2.°: Sim.

1.°: ... E o que vem a ser isto?

2.°: Não sei. E acho que ninguém sabe...

1.°: E o que fazer com isto?

2.°. Um teste: ... sobre o que se fazer com isto... Que objetivo concreto poderia-se dar, aqui e agora, a este objeto?

1.°: Não sei.

2.°: Pois olhe bem... Para dentro de você... Que significado você poderia encontrar para este objeto? Não consegue ver nada?!...

1.°: Nada.

2.°: E o que você gostaria de fazer com esse nada?!

1.°: Já disse que não sei...

2.°: Vamos, qual seria a sua reação – livre e espontânea – a este teste? [Espera uma resposta que não vem]. Venha, aproxime-se mais do objeto. [O outro obedece]. Será que você consegue movê-lo? [O outro segura o "objeto" e – testando-o – percebe que é possível empurrá- lo para frente e para trás]. Que tal usá-lo para se livrar desse nada?!

1.°: [Sempre movendo o "objeto" alguns centímetros para frente e para trás]. Não quero me repetir, mas já disse que não sei de nada.

2.°: Vamos, leve até o final o que começamos! [Afastando-se do outro – mas sem nunca deixar de encará-lo – em direção ao meio do palco]. Onde está o seu nada? Onde ele se encontra aqui e agora? O que poderia significar o fim do significado do seu trabalho? Ou seja: quem concretizaria tempo e dinheiro desperdiçados para a nossa companhia?! Isto é: quem representa aqui e agora o nosso nunca e o seu ninguém? O acabar, o não saber, o descomer, o deformar, o cercar, o repetir, o reprimir, o testar, o tensionar, o pressionar, o repressionar, o despressionar, o desfazer, o atrabalhar... o acabar?! Quem objetiva a falta de significado de x [x = duração em minutos da presente encenação] minutos?! Vamos, acabe com esse nosso nada! Tente exterminá-lo! Livre-se de mim!

1.°: [Segurando firme no "objeto", começa a rodá-lo lentamente em direção ao outro... o que se demonstra mais difícil – ou mais pesado – do que pressupunha].

2.°: [Tentando acelerar o outro]. Vamos, venha cá, não pare: não interrompa o que você começou! [Afastando-se do outro – sempre encarando-o frontalmente – em direção ao fundo do palco]. Mas saiba interpretar – durante o movimento – o seu significado: ...

1.°: [Cerceando e compelindo o outro a se isolar no canto direito do fundo do palco... até o 2.° atingir a parede e, encostado nela, parar completamente de se mover; neste momento o 1.° também para. Oprimidos pelo peso desta pausa, ambos aguardam o próximo movimento]...

2.°: [Imóvel, sem saída] ... ressignifique este objeto!

1.°: [Pressiona e empurra o "objeto" com todo o vigor para a frente até derrubar o outro que cai, rola e desaparece debaixo deste verdadeiro rolo compressor]!

2.°: [Gritando]. Aaaah! [Fica de bruços no chão, inteiramente inanimado – aparentemente morto].

1.°: [Imediatamente para. Arfando, encara estarrecido o corpo inerte na sua frente. Desorientado, encosta o "objeto" na parede, com a base vazia de frente para a plateia – mas não exatamente embaixo do relógio... como se houvesse se libertado da claustrofobia temporal. Cansado, começa a recuar devagar – sem deixar de olhar para o corpo atropelado. Tenta falar]... Eu... eu só... só repeti... eu só repeti o que você me disse. Eu só queria... acabar logo com isso tudo. Com esse começo inacabável, repetitivo... [Retorna ao meio do palco, virando-se de costas para o corpo abandonado no chão]. E achei que, para acelerar o tempo, para sair dessa inércia da forma mais rápida possível, tudo fosse possível.

[Senta-se no chão, de frente para a plateia]. Só o que eu não percebi, ou não imaginei... é que você fosse tão humano!... [Fecha os olhos, respira fundo]. Perdão. [Brevíssima pausa; baixa a cabeça, apoiando-a nas mãos abertas; fala:] Eu lamento. [Brevíssima pausa; e, num novo timbre, virando o rosto para o seu interlocutor, diz:] Eu peço desculpas. [Para não ver a falta de reação do corpo em frente, vira-se de novo para a plateia; e, em seguida, fecha os olhos com força].

[Breve pausa].

2.°: [Sussurra:] ah!... [o 1.° abre os olhos].

2.°: [Murmura:] ah!... [o 1.° vira a cabeça em direção à fonte sonora].

2.°: [Geme]: ah!... [o 1.° se levanta, surpreso]!

2.°: [Encolhendo-se como um feto, grita – de costas para a plateia:] Ah! [O 1.°, aproximando-se lentamente do outro, tenta novamente:]

– Eu... gostaria de voltar atrás... se isso for possível... Eu me arrependo. [Para no meio do caminho – aguardando uma resposta... que chega de uma forma inesperada: o 2.° começa a emitir diversas variações sonoras em torno do fonema "a", percorrendo um trajeto que gradativamente vai – com uma intensidade sempre crescente – de uma dor profunda e íntima à mais surreal das gargalhadas! Perplexo ou indignado, o 1.° recua pouco a pouco até a sua mesa sem, porém, conseguir deixar de assistir a esse espetáculo disforme... Inesperadamente, o 2.° se levanta – se espreguiçando de frente para a plateia; e, como uma criança que acabou de experimentar com sucesso o seu novo truque, responde:]

– Não há de quê... Nem para quê. Nem para quem: ... Tudo isso não passou de um teste. [Sorri; enquanto o outro, desnorteado, abana a cabeça de um lado para o outro].

1.°: Ah, é?! [Dando uns passos para a frente]. Já que é assim, fique sabendo que eu passei nesse seu teste!

2.°: Nesse nosso teste! No qual você, realmente, quase atingiu o objetivo: conquistar a liberdade... de acabar com o outro!

1.°: Eu só tentei realizar – da forma mais eficiente possível – o nosso objetivo!

2.°: "Nosso"? Como assim "nosso"? Por que "nosso" – e para quem?

1.°: Ora, para você: eu repeti o que você disse!

2.°: Eu só disse o que o "coach" disse!

1.°: Pois então foi para o "coach"!

2.°: [Encarando o outro]. Um teste para um "coach" que ninguém viu! Mas que negócio é esse?! E se tudo isso não passar de uma interpretação nossa?! E se toda essa porra não servir para nada?!

1.°: Então por que é que você fez tudo isso?!

2.°: Então por que é que você fez tudo isso?!

1.°: Então por que é que desperdiçamos o nosso tempo com nada?!

[Breve pausa; o 1.° se aproxima um pouco mais da plateia e, exausto, deita-se de costas no chão].

2.°: [Aproximando-se um pouco mais do outro]. Acredite... foi um investimento. Você, agora, vai se sentir mais livre... Nós vamos conversar com mais naturalidade... [Deita-se de costas no chão – próximo ao outro].

1.°: Espero que você tenha razão... estava achando essa nossa conversa inicial muito monótona – quase artificial.

2.°: Pois então... a partir de agora nós nos sentiremos mais em casa: a primeira porrada já foi dada. Batizou o nosso diálogo... Na verdade, nós precisamos, afinal, de algum drama – nós gostamos mesmo é de sangue... ainda que seja invisível: acaba servindo como um batizado para as nossas relações... na única linguagem que nós realmente entendemos.

[Brevíssima pausa].

1.°: Onde você aprendeu tudo isso?

2.°: ... Não aprendi, ainda estou treinando – senão, já seria "coach"...

1.°: Você falou em "batizado"... Estranho: nós ainda não nos apresentamos...

2.°: Melhor assim... é o preço da liberdade total.

1.°: Então... continuaremos anônimos?

2.°: Nos próximos y [y = quantidade de minutos que falta para a peça acabar] minutos, sim.

1.°: E o que fazer com essa liberdade toda?

2.°: ... Talvez... te agradecer... Pela porrada.

1.°: De nada... Foi um prazer.

2.°: O prazer foi todo meu. [Breve pausa].

1.°: [Senta-se no chão]. E então? Acabamos aqui?

2.°: Não, ao contrário – agora é que nós vamos começar de verdade...

1.°: Pois então, antes de começar, eu proponho uma pausa...

2.°: Pra quê?

1.°: [Levantando-se]. Para imaginarmos o que fazermos, nos próximos y [y = quantidade de minutos que falta para a peça acabar] minutos, com essa liberdade toda... Senão, vamos acabar nos repetindo de novo...

2.°: [Levantando-se, espreguiçando-se]. Negócio fechado: 5 minutos. [As luzes se apagam].

[Intervalo de 5 minutos]

2° Movimento

[Em silêncio, as luzes se acendem gradativamente. Os dois homens estão sentados nas suas respectivas cadeiras – exatamente como no início do primeiro movimento: de costas para a plateia. Sem pressa, viram as suas cadeiras parcialmente em direção ao outro – e à plateia. Entreolham-se... e começam a conversar – como se estivessem preludiando algo que ainda não se concretizou... buscando as palavras juntos – e, pouco a pouco, em conjunto].

1.°: Pronto?...

2.°: Pronto...

1.°: Podemos começar?...

2.°: Já começamos faz tempo...

1.°: ... o nosso tempo livre também...

2.°: [Tentando, sem sucesso, ser profundo]... nós a sós com o tempo livre...

1.°: Com o "nosso" tempo livre...

2.°: E com a nossa pergunta: o que fazermos com ele?

1.°: ... Quem sabe não é este o nosso teste?...

2.°: Hm... [Levantando-se e começando a caminhar lentamente em torno da sua própria cadeira]. Não sei não, mas acho que este começo vai acabar nos decepcionando... [Tentando, sem sucesso, ser sábio]. Isto é: no final, vai acabar nos levando àquele ponto inicial anterior.... Ou seja: se nós insistirmos em interpretar este tempo que nos resta como um teste, não haverá nenhuma possibilidade de fazermos dele algo de significativo...

1.°: E se nós insistirmos nesta linguagem repetitiva, maltratada pelo dia a dia dos "coaches" de escritório, também não teremos nenhuma chance!

2.°: [Tentando, sem sucesso, ser irônico] ... maltratada pelo dia a dia – e pela noite...

1.°: Desgastada pelo dia e pela noite! Enfim: só teremos uma chance se conseguirmos nos libertar dela.

2.°: [Senta-se de novo na sua cadeira]. Pois então... comece!...

1.°: [Hesita]. Sozinho eu sei que não vou conseguir. Vou precisar da sua ajuda – ou boa vontade.

2.°: ... Eu... te acompanho.

1.°: ... Então... vamos lá!... [Levantando-se e caminhando em direção à plateia]... Mas desta vez... vamos procurar num outro lugar. Um novo espaço – ao invés de um outro tempo. Para preenchê-lo, povoá-lo com as nossas narrativas...

2.°: ... ou com as que nos derem algum significado...

1.°: ... De uma forma ou de outra – sendo nossas ou não – precisamos cuidar bem delas: ... dar colo à linguagem.... Senão, as narrativas acabam morrendo. [Para – de frente para a plateia].

2.°: Pois então... recomece!

1.°: ... Recomecemos... [Retorna, hesitante, à sua cadeira... como se estivesse esperando o momento certo chegar – ou o instante apropriado de se chegar... De repente, para em frente à cadeira... mas decide inverter o sentido do seu gesto: pega-a espontaneamente e a coloca de cabeça para baixo em cima da mesa – como numa casa de espetáculos prestes a fechar. Em seguida senta-se ali mesmo – no chão. E se espreguiça:]

– Vamos começar pelo começo... Pelas narrativas mais antigas, mais profundas... [Num timbre aparentemente mais livre]. Estranho... se tiver que ser sincero... as primeiras narrativas que reaparecem na minha mente – que vêm à tona de repente... são umas lembranças infantis, já quase esquecidas... sempre fugidias... e aparentemente sem nenhuma importância. Ficam parecendo uns peixes no fundo do mar – que eu tento, sem conseguir, fisgar... E, se consigo, percebo que não passam de uns peixinhos quaisquer – sem nenhum significado...

2.°: [Levantando-se da sua cadeira, sentando-se no seu chão]... O significado, ou a importância, virá com o tempo... [Espreguiça-se e se deita de costas no chão agora seu]. Enquanto isso, continue a pescaria...

1.°: ... Mas esses peixinhos... não passam de pedaços de lembranças: sozinhos não fazem nenhum sentido – não chegam a formar uma narrativa. Por exemplo: ... quando eu era criança e adoecia, tinha que ficar alguns dias em casa, sem fazer nada... Era essa a receita predileta da minha mãe... E isso – por mais insignificante que agora soe – me curava!... Esse nada me redimia.

2.°: ... Talvez... ainda estejamos esperando até hoje... de uma forma ou de outra... por essa cura.

[Brevíssima pausa].

1.°: [Talvez tentando esconder uma certa comoção]. E você, no que está pensando?

2.°: ... Nessa vontade de sair do tempo...

1.°: ... Nesse parar para ver?...

2.°: É... Acho que é por isso que nós não paramos nunca. Para não ver. [Senta-se no chão]. Será que nós temos medo das nossas próprias visões?

1.°: É por isso que eu prefiro evocar as visões da infância... Nessa época o tempo era mais generoso, ainda estava permeado de alguns nadas... Mas uns nadas saudáveis – como o da minha mãe!...

2.°: E... você ainda a vê?

1.°: Só quando eu fico doente...

2.°: Ela... sobreviveu a esse tempo todo?

1.°: Não. Ela morreu, já faz tempo. Mas os seus nadinhas ficaram...

2.°: Podíamos voltar a eles!...

1.°: Vai acabar ficando monótono.

2.°: Não vejo por quê... Você poderia escolher outros, parecidos... Variando-os em maior ou menor grau... Preparando uma isca para outros peixes...

[Brevíssima pausa].

1.°: Também tinha um menino... que não falava.

2.°: Onde?

1.°: Na escola, durante o primário. Um colega que se recusava a falar. Ficava só observando os outros – que brincavam, aprontavam, faziam: falavam! Mas eu, sinceramente, sempre tive a impressão de que ele – de uma forma bem estranha, mas muito própria – entendia esse mundo falastrão melhor do que todo mundo.

2.°: E os pais dele? E os seus professores?

1.°: Faziam uma pressão permanente, mas sutil: inaudível, invisível... uma expectativa não declarada de que ele finalmente falasse qualquer coisa...

2.°: ... Era mudo?

1.°: Não... E acho que justamente isso torna essa lembrança – ou essa seminarrativa – tão estranha, quase órfã: ninguém sabia por quê. [Breve pausa].

1.°: Você... quer que eu fale mais, não é?

2.°: ... pode ser...

1.°: Uma outra lembrança... ou a mesma?

2.°: Talvez uma outra seja mais interessante... Um pouco de variedade ajuda a manter vivo o encanto da fala!...

1.°: [Fecha os olhos]... Uma varanda... depois do jantar, em frente ao jardim... meu avô na sua cadeira de balanço... conversando com um amigo de infância: um major aposentado, que eu passei a chamar de tio... – e assim se tornou o meu tio-avô...

2.°: Conversando sobre o quê?

1.°: [Abre os olhos]. Não sei mais dizer ao certo: ... os mesmos assuntos de sempre – e sempre da mesma forma: cada um já sabia o que o outro ia dizer e como ia dizer – a conversa era sempre a mesma, como se fosse uma só melodia, que de vez em quando, nos fins de semana, era reavivada para se manter viva uma amizade. O tema – se é que houve ou há algum – não tem nenhum significado ou importância.

2.°: Descreva, então, a casa – ou a paisagem...

1.°: Era de noite, não se via mais o jardim...

2.°: Não importa: descreva o que não se via...

1.°: [Levantando-se, aproximando-se da plateia – e observando o espaço vazio que paira sobre ela]. Não se via o jardim, em frente – nem o resto da casa, atrás. Não se viam os lírios, a grama, os gerânios, a dama-da-noite, a palmeira em crescimento, o movimento quase imperceptível das samambaias, o caminho que unia a casa ao resto do mundo, o perfume das plantas que respiravam e purificavam o sereno. Não se viam os móveis antigos de madeira escurecida, a poltrona de couro ao lado do abajur, a mesa de jantar com as toalhas bordadas em várias cores, os tapetes feitos à mão, os enfeites herdados de outras gerações, a cozinha ainda artesanal, os quartos de dormir com as camas que rangiam durante o nosso sono profundo...

2.°: ... E a lareira?...

1.°: Não havia lareira... A chama que nos aquecia era aquela conversa, aquele dueto a cappella, de vez em quando acompanhado pelos latidos distantes duns cachorros boêmios...

2.°: E... o que se via?

1.°: [Olhando em direção ao teto]. Só o que se via era a escuridão celestial... vasta... sendo iluminada pouco a pouco – gradativamente – pelas estrelas... até que, no final, havia um número crescente de luzes: ... e, de repente, havia estrelas demais... excessivas... infinitas!

2.°: [Levanta-se, aproxima-se da plateia e olha na mesma direção que o outro – tentando ver as estrelas invisíveis]...

1.°: [Vendo a aparente comoção do outro, vira parcialmente as costas à plateia – sob o pretexto de olhar para o relógio – e tenta mudar de assunto]: Olha só: ... como essa conversa rendeu!... Graças a todas essas descrições intermináveis...

2.°: Pois é, se continuarmos assim, esse bate-papo tende a crescer – e a aos poucos, quem sabe, tudo abranger: a casa, os hóspedes, o caminho, a estrada, a cidade, o estado, o mar... para no final chegarmos ao menino que não fala: ... talvez a você... e à tua mãe. [A partir de "a casa" o 1.° começa a virar, vagarosamente, a cabeça em direção à plateia; mas, quando soa "tua mãe", interrompe o movimento, olhando de novo – parcialmente – para o mesmo lugar que o 2.° está olhando: o espaço escuro acima da plateia... Pressentindo uma certa comoção neste novo olhar, o 2.° tenta redirecioná-lo – voltando a se sentar no chão e propondo um outro tema]:

– E depois... há outras lembranças importantes, após a infância?

1.°: Estranho... [sentando-se, novamente, no chão]... as outras me parecem, agora, superficiais – distantes de mim. Como se não houvesse tempo suficiente para que elas fossem absorvidas pelo meu corpo, para me pertencerem de verdade, para se sedimentarem na memória – ... talvez eu não tenha dado ao tempo o tempo necessário... Naturalmente houve algumas mulheres – mas sempre ocupadas ou preocupadas: ambicionando o todo, distantes do nada... Com uma única provável exceção: uma colega de trabalho aqui da firma... com ela acho que foi diferente: ... às vezes conseguíamos atingir, eventualmente – depois de tanto tempo concretizado e comungado em sexo – um nada em comum...

2.°: Pois eu também conheço essa colega. E a mesma coisa aconteceu comigo. A única diferença é meramente linguística: eu chamava esse nada de "calma"... Mas, sinceramente, acho que ela foi treinada justamente pra isso – e muito provavelmente pelo "coach": pra atenuar a nossa tensão – para nos acalmar! [O 1.° fecha os olhos].

[Pausa].

2.°: [Percebendo que havia ferido o outro]. E então, não tem mais nada para contar?

1.°: [Saindo do silêncio com dificuldade]... Pouca coisa: [reabrindo os olhos] ... um sofá... uma música... um menino... A música abrangente, onipresente; o sofá nos aprofundando numa audição em conjunto; meu pai grande, gigante até, abdicando temporariamente dos seus poderes para se entregar inteiramente às vibrações sonoras; e eu, embalado, me encolhendo feito um feto, protegido daquele universo fascinante mas incompreensível no calor morno da sua barriga...

2.°: ... ventre...

1.°: Como?

2.°: A melodia da sua fala renasce com mais naturalidade em "ventre"...

1.°: Tem razão: "barriga" acaba finalizando.

2.°: [Levanta-se e começa a caminhar, lentamente, descrevendo um grande círculo... que também envolve o outro]:

– ... Não é por nada não... mas acho que nós estamos conseguindo.

1.°: O quê?

2.°: Escapar...

1.°: Do "coach"?

2.°: Não, da sua linguagem. Pelo menos durante esses últimos minutos... nos livramos daquela linguagem desgastada, desgastante: principiante. De uma forma ou de outra, este teu "colo" linguístico parece estar funcionando...

1.°: ... "nosso"!...

2.°: Como?

1.°: Ele poderia ser chamado de nosso, se você trabalhasse um pouco mais – ao invés de se limitar a fazer comentários ou variações sobre as minhas falas!

2.°: [Interrompe o círculo – exatamente em frente ao "objeto", onde para e reflete por um instante; em seguida, retira o "objeto" do seu lugar e roda-o até o centro do palco, colocando-o no chão com a tampa para baixo. Senta-se em cima dele, no lado direito, de frente para o outro lado e de perfil para a plateia – transformando-o em um banco. E propõe]:

– Mas escutar... talvez seja mais criativo do que falar... E ouvir... talvez consiga recriar o encanto de se escutar...

1.°: [Anda até o "objeto", sentando-se nele de frente para o outro. Cabisbaixo, confessa]: ... Sendo assim... talvez seja melhor eu te contar logo toda a verdade – antes que você se decepcione: todas essas minhas lembranças, ou narrativas, ou seminarrativas, ou o que quer que elas sejam... Ou melhor: quase todas as partes dessas quase-lembranças ou quase-narrativas... foram modificadas, adaptadas, variadas – ou seja: foram quase inventadas por mim. Não me interprete mal, mas eu estava com medo de que as versões originais não conseguissem sobreviver ao tempo: que não fossem capazes de captar esse teu encanto sem afinal te desencantar... Desculpe essa minha falta de profundidade, mas eu não queria acabar com a nossa pescaria... [olhando para o relógio]... ou, pelo menos, não antes do nosso tempo acabar. Mas agora só me resta contar a verdade, por mais cotidiana e repetitiva que ela possa soar...

2.°: Não, não! É melhor deixarmos assim: acho que essa tua "nossa" pescaria – ou "nosso" tempo – conseguiu, até agora, a proeza de evitar o desencanto – de adiar a surdez!... E, de vez em quando, de nos propor um eco ou uma rima escondida – para que ninguém se canse da conversa...

1.°: [Sorrindo] ... Obrigado.

2.°: [Sorrindo]. De nada. [Breve pausa].

1.°: E agora? [Pretendendo se levantar].

2.°: [Fazendo um gesto que convida o outro a permanecer onde está]... Vamos ouvir... escutar... por mais algum tempo, por mais alguns minutos... – por uns 5 minutos – ... ou até que se perca a noção do tempo. Escutar ouvindo... Ouvir escutando: [começa a virar a cabeça, lentamente, em direção à plateia]... o ritmo... a pulsação... o alento... a respiração...

1.°: [Vira a cabeça em direção à plateia e olha diretamente para o público: escuta, ouve e fala]:

– ... As respirações...

[As luzes se apagam gradativamente].

[Intervalo de 5 minutos]

3.º Movimento

[Escuridão, silêncio. Imóveis, os dois continuam sentados no "objeto"].

1.º: [Do nada, de repente – solta um pum].

2.º: Hm?!

1.º: Nessa escuridão toda fica difícil achar o banheiro!...

2.º: [Com a destreza de um adulto infantilizado, vai engatinhando até o lado direito – em direção ao interruptor. De pé, acende a luz]. Acho que é pra lá. [Aponta o caminho do banheiro do teatro, tapando o nariz com a outra mão].

1.º: [Levantando-se do "objeto", abanando o fedor]... Esse tempo todo no escuro, sentado, pensando na respiração – acaba dando nisso!

2.º: [Também se abanando, fazendo uma cara de quem cheirou – ou ouviu – e não gostou]: Espero que desta vez não haja repetição...

1.º: [Parando de se abanar]: Pode ficar calmo: negócio fechado. [De repente achando graça – aponta para o outro]: Olha só – parece até o meu avô!...

2.º: [Para de se abanar]. O cheiro?

1.º: O abano.

2.º: [Olhando para a sua mão como se ela estivesse suja]: Hm?

1.º: ... Meu avô e meu tio-avô na varanda...

2.º: Se abanando?

1.º: Não...

2.º: Um abanando o outro?

1.º: Quase...

2.º: O cheiro do outro?

1.°: As moscas! [Caricaturando os gestos do avô].

2.°: Parece um maestro – sem música.

1.°: Mas é o meu avô – com o seu matador de moscas.

2.°: Não cansa a mão?

1.°: Vai no balanço... da cadeira. [Adaptando o movimento à narrativa].

2.°: Uma cadeira de balanço?

1.°: Duas... [Parando de movimentar a mão, olhando parcialmente para a plateia]... Meu avô e meu tio-avô se balançando lado a lado... Quase simultaneamente... Com o passar do tempo, em quase perfeita sincronia...

2.°: [Voltando ao "objeto"]. Entrando na mesma frequência?

1.°: Frequentando-se – sem saber quem deu origem ao movimento... [Olha ao seu redor; de repente solta uma exclamação]: Mais ou menos assim!: [Pega as duas cadeiras, posiciona-as uma ao lado da outra, em frente à plateia, no lado esquerdo do palco. Em seguida olha para o outro para testar a sua reação].

2.°: [Olhando as cadeiras vazias]... Assim a cena morre – na sua própria inércia...

1.°: [Senta-se na cadeira mais à esquerda. Num timbre lúdico, inesperado, faz um gesto convidativo]: Não quer se sentar?

2.°: ... Pra quê?

1.°: ... Cansaço... comodismo... hábito?...

2.°: [Continua imóvel].

1.°: Em último caso: pra criar simetria...

2.°: [Senta-se. Imóveis, os dois homens ficam esperando algo acontecer enquanto nada acontece].

1.°: Estas cadeiras aqui não têm talento pra balançar...

2.°: ... Aqui nem as moscas se movem.

[Brevíssima pausa].

1.°: ... Mas a linguagem sim: eu serei o meu avô, você o meu tio-avô!

2.°: E qual é a minha fala?

1.°: Você improvisa seguindo o meu ritmo.

2.°: Novamente: pra quê?

1.°: [Num timbre quase burocrático]: Testar a produtividade, manter a saúde mental, cultivar a atitude esportiva perante a vida.

2.°: Parece o "coach" falando.

1.°: Reflexo condicionado – acontece quando falta inspiração... Mas, antes que ela acabe, vamos começar: [começa a abanar – e de vez em quando matar – moscas imaginárias; o 2.° olha-o sem saber como reagir].

1.°: Ão...

2.°: Ã?...

1.°: Ão! A nossa língua está repleta de "ão"!

2.°: A o ~ ?

1.°: Evolução, revolução, educação...

2.°: ... televisão.

1.°: ... em espanhol termina tudo em "on"; em francês em "ou"...

2.°: Soa melhor aos nossos ouvidos inadimplentes...

1.°: Pois é por isso que esse país não vai pra frente!

2.°. É.

[Brevíssima pausa].

1.°: ... "É" bloqueia – paralisa o ritmo.

2.°: E o que é que você quer que eu fale?

1.°: Qualquer coisa que facilite a fala, ou dinamize o tempo: que não deixe o movimento cessar...

2.°: [Impaciente]. Língua de praga!

1.°: Boa! Língua maltratada!

2.°: Mal-educada.

1.°: Mal falada.

2.°: Marmelada!

1.°: Não dá em nada: passa do ponto – acaba.

[Brevíssima pausa].

[O 2.° se levanta e vai para o meio do palco, em frente ao "objeto". Propõe]:

Prefiro partir de um outro princípio. [Começa a praticar "jogging" sempre no mesmo ponto, sem sair do lugar: numa esteira imaginária. De repente para e – como se estivesse no centro de um treinamento motivacional – exclama]:

Senhoras e senhores; prezados colegas e desprezados inimigos; respeitável público e desrespeitada privada – por favor atenção: eis aqui o nosso desafio contra o nada! Manter o tempo todo a forma total. Nesta esteira permanente em movimento perpétuo! Em ritmo constante, excitante ou crescente! Sempre para frente e pra adiante – rumo a um futuro inalcançável, galopante, arfante! Aparentemente alcançado somente desta forma: a plena forma física preenchendo o tempo presente! E consequentemente: enquanto houver movimento haverá a formação de uma meta, que é se manter em movimento constante! Mantendo o tempo vivo o tempo todo. Evitando toda repetição pra que não se perceba que toda a nossa hiperação resulta num ciclo permanente...

1.°: [Interrompendo]. Para, chega! [Levantando-se e andando em direção ao outro – que permanece imóvel]. Nessa correria solitária não há espaço para o outro. Fica parecendo um hamster... fugindo da solidão na sua própria roda. [Levanta o "objeto", colocando-o em posição vertical]: Sejamos consequentes... [Com um gesto mecânico, convida o outro a entrar no "objeto". O 2.° obedece... e começa a correr ali dentro exatamente como lá fora, enquanto o 1.° mantém a "roda" imóvel. O 2.°, todavia, rapidamente desiste – arfando, vai parando gradativamente e sentencia]:

– Se a roda não se move, o animal se desanima... [Sai do "objeto" e se senta na sua frente, no chão – cansado ou frustrado].

1.°: Tentemos, então, o inverso: a contemplação do movimento! [Põe o "objeto" no chão, com a tampa para baixo, e começa a observar as cadeiras. como se estivesse procurando a forma adequada de se montar uma cena. Insatisfeito, surpreende o 2.°]:

– Tem uma lanterna?

[O 2.° procura pelos seus bolsos e pela sua mesa – sem sucesso. De repente – do nada – lhe vem uma ideia: removendo a parte superior do seu computador, retira dali de dentro a lanterna desejada! Fechando a máquina, anuncia]:

– Sempre desconfiei que havia uma luz não virtual, tangível, dentro desses processadores de dados. [Entrega a lanterna ao outro, que vai ao lado direito do palco, apaga a luz, acende a lanterna, retorna ao lado esquerdo e – examinando com cuidado a posição das cadeiras – pede ao 2.°]:

– Fique ali, por favor. [Apontando, com o feixe de luz, um canto no lado esquerdo do palco – já quase fora de cena. O 2.° se dirige ao lugar indicado, enquanto o 1.° ilumina o caminho. Com delicadeza, posiciona a lanterna nas mãos do 2.° – de forma a iluminar as cadeiras por cima, de viés: obliquamente, distante... quase lunar. O 1.° se afasta do outro e, quase invisível, esconde-se atrás das 2 cadeiras para movê-las como se fossem de balanço: primeiramente aos poucos, mas fora de sincronia; em seguida, pouco a pouco atingindo a sincronia; posteriormente, parando gradativamente].

[Brevíssima pausa].

2.°: [Inquieto, surpreende o 1.°]: Tentemos do outro lado [Vai ao lado direito do palco e acende a luz; põe a lanterna – desligada – no chão, em posição vertical; recoloca o "objeto", também em posição vertical, logo abaixo do relógio – e pede ao 1.°]:

– Por favor, venha até aqui.

[O 1.° se dirige ao 2.°, enquanto este – de costas para a plateia – começa a rodar lenta e continuamente o "objeto", no sentido horário, sem sair do lugar. Olha para o 1.° e, com um gesto aparentemente natural do seu braço esquerdo – quase externo – insere o colega no fluxo do movimento: o 1.° aceita este convite não verbal substituindo o outro na sua tarefa cíclica. Tudo se passa sem que a rotação do "objeto" seja alterada. Em seguida, o 2.° volta ao lado direito do palco para apagar a luz e reacender a lanterna. Cujo feixe de luz é naturalmente atraído pela rotação do "objeto": aceita este convite quase hipnótico rodando pela sua borda, seguindo o seu ritmo. Para melhor contemplar este novo espetáculo, o 1.° se posiciona no lado direito do "objeto" – sempre sem alterar a sua rotação. Sem alterar a rotação da luz, por sua vez, o 2.° se aproxima do "objeto" – se posicionando exatamente na sua frente; fixando a luz no seu centro, senta-se no chão. Com uma das mãos, começa a tapar da esquerda para a direita – num ritmo mais lento que o do "objeto" – a fonte de luz: imitando o começo, o desenvolvimento e o fim de um vagaroso eclipse. Em seguida inicia uma variação deste processo, desta vez de baixo para cima, sugerindo um pôr do sol; no entanto, quando a escuridão se fixa no espaço, interrompe o movimento com uma breve pausa – quase noturna... Depois, move lentamente a lanterna de baixo para cima, propondo um nascer do sol... até iluminar diretamente o relógio, logo acima do "objeto" – que, simultaneamente a este último movimento da luz, pouco a pouco termina a sua rotação. Após 4 segundos sem movimento, a lanterna é desligada. Escuridão e silêncio totais. Breve pausa].

2.°: [De repente, por nada – tosse].

1.°: Dor de garganta?

2.°: Pretexto pra simetria.

1.°: Hm?...

2.°: Um pum – uma tosse.

1.°: Por baixo, por cima...

2.°: Passado e presente.

1.°: Em frente: senão se desanima...

2.°: Com ou sem rima: rodemos o texto adiante...

1.°: ... ou giremos o contexto no nada...

2.°: ... buscando uma forma mais inspirada...

1.°: ... ou expirada?...

2.°: Estando pirada, o movimento não repousa nem para.

1.°: [Deixa o "objeto" cair com a tampa virada pro chão!]: Na mosca, maestro: busquemos uma meta pro movimento! [Com a destreza de um animal domesticado, vai engatinhando até o lado esquerdo do palco – em direção ao novo interruptor. De pé, acende a luz. Olha por todo o palco ao seu redor em busca do que está procurando: ... e, surpreendentemente, dirige-se às duas mesas para pegar as respectivas canetas. Em seguida, senta-se na cadeira mais à esquerda e propõe]:

– Não quer se sentar?

[O 2.° se senta na outra cadeira – colocando a lanterna no chão, à sua esquerda, em posição vertical. O outro lhe oferece uma caneta].

2.°: O que é isso? [Pegando a caneta].

1.°: A partir de agora, uma vara de pescar. [Demonstra-lhe, com a sua própria caneta, como transformá-la num novo objeto: enquanto a sua mão esquerda segura no nada, a direita, um pouco mais acima, empunha com orgulho – como se fosse a ponta mais alta da "vara de pescar" – a caneta. O 2.° o imita e graceja]:

– A partir de agora teremos uma meta concreta: peixes! Obter peixes. Acumular peixes. Mais e mais peixes!

2.°: É essa a nossa isca. Para sentirmos o movimento... ocorrendo no momento: ... a vibração nos atingindo pelo anzol...

[Ambos ficam em silêncio, imóveis... até que haja alguma reação na plateia, por mais insignificante que pareça: um movimento, um riso, uma tosse, um pum... O 1.° reage em voz baixa, inclinando a "vara de pescar" em direção ao local onde a ação supostamente ocorreu]:

– Morderam a isca!...

2.°: [Também em voz baixa]: O que seria de nós sem essas iscas?...

1.°: [Imita 4 vezes o som emitido na plateia, para atrair o "peixe"].

2.°: Hm... ã... ão... "on"... "ou"... [imita o som de uma tosse]... [imita o som de um pum]... é... [Advertência: a ordem destes sons deve ser adaptada à presente encenação, de forma que o primeiro deles seja o mais similar possível àquele emitido na plateia; o último, no entanto, deverá ser sempre "é"].

1.°: ... essa língua que não vai pra frente...

2.°: ... nem nós, nem os nossos anzóis...

1.°: ... Nem as nossas cadeiras sem balanço...

2.°: ... mas com memória...

1.°: [Tentando puxar o "peixe"]: Ah, toda essa história sem começo nem fim...

2.°: ... Toda essa inadimplência linguística...

1.°: ... todo esse subdesenvolvimento fonético. Sabe do que é que eu realmente sinto falta, no final das contas?

2.°: [Para pra pensar por um instante, botando por um momento a caneta na boca]: De uma bela marmelada!...

1.°: Quase: [tirando o "peixe" da "água" e do "anzol" – voltando ao seu tom de voz natural]... de uma baita trepada!

2.°: [Deixando a caneta cair no chão, volta ao seu tom de voz normal]: Porra, essa foi foda! Agora quem vai precisar de movimento sou eu! [Levanta-se da cadeira disposto a fazer alguma porra-louquice. Olha rapidamente ao seu redor: vai até o "objeto", coloca-o na posição vertical e lança uma provocação]: Já que você está tão inspirado assim, que tal tentar rodar a "roda" com eu rodando dentro dela? [O 1.° aceita o desafio: deixa no chão a caneta e começa a rodar lentamente o "objeto" no seu lado esquerdo, sem sair do lugar, de perfil para a plateia. O 2.°, imediatamente, entra na "roda" – praticando "jogging" ali dentro]:

– Ah!... Esse ciclismo repetitivo nos faz bem: mantém a forma... forma uma meta... preenche o tempo... corre rodando... [O 1.° começa a acelerar a "roda" pouco a pouco – e o 2.°, consequentemente, a aumentar a velocidade e o tom de voz]... roda correndo... rondando em frente... nos repetindo pra adiante... permanentemente presente... nas nossas mentes sem entes... pra desmentirmos o nada... desgastarmos a piada... perdermos a graça.... nos acabando... na desgraça de uma roda hamster! [Pula fora do "objeto", que vai parando aos poucos. Arfando, continua]:

– E a partir deste momento não é mais possível improvisar.

[Pausa. Ambos imóveis – e o "objeto" parado].

[O 2.° vai mecanicamente ao lado esquerdo do palco e apaga as luzes. O 1.° põe o "objeto" com a tampa no chão, engatinha até a lanterna e – iluminando as canetas no palco – propõe]:

– Então... vamos escrever o resto juntos. Proponho uma pausa de 5 minutos...

[O 2.° hesita por um momento... depois, segura a lanterna – na mão do outro – e, iluminando o relógio, propõe]:

– 10.

[Apaga-se a lanterna].

[Intervalo de 10 minutos]

4.° Movimento

[Graças a uma reorganização do cenário, o palco foi completamente ressignificado: o "objeto" foi pendurado no (ou na frente do) relógio – tapando-o; na tampa do "objeto", virada para a plateia, foi colado um retrato de Joseph Haydn; virado de costas para a plateia, no meio do proscênio, um computador foi posto no chão; na tela deste computador, 2 folhas de papel foram coladas com fita adesiva – cumprindo a função do ponto no teatro; no canto direito do palco, foram alinhadas à respectiva parede as 2 cadeiras seguidas pelas 2 mesas – de tal forma que estas últimas estejam mais próximas da plateia do que as primeiras; a cadeira mais próxima da plateia foi vestida – de costas para o palco – com uma camisa e um paletó, enquanto a outra foi posta de cabeça para baixo; em cima da mesa mais distante do fundo do palco se encontram 2 canetas, paralelas à plateia, e – com a tela virada para o palco, de perfil para o público – o outro computador – testemunhando impassível a transformação desse pequeno universo... até então invisível nessa escuridão total].

2.°: [De pé, na parte esquerda do palco, fumando um cigarro imaginário – inspirando e expirando teatralmente pela boca. De repente, do nada – com uma voz pretensamente arrogante, aparentemente tentando imitar a do "coach" – diz]:

– Luz... [Mais alto]: Luz!

1.°: [De pé no canto direito do palco, acende as luzes, obediente – iluminando o cenário na sua totalidade].

2.°: Não, não: eu ainda não disse "mais luz" – mas somente "luz"!

1.°: [Apaga as luzes e acende a lanterna, que está desde o começo do 4.° movimento na sua mão – iluminando atenciosamente o outro, que continua fumando. Este, porém, ao se perceber iluminado, começa a tragar com uma vaidade ainda mais profunda – como se estivesse preenchendo com a sua fumaça invisível todos os espaços vazios daquele teatro... em cujo palco só se vê a deselegância do seu vestuário pretensamente informal: de paletó, sem camisa, com camiseta. Prudente, o 1.° testa a iluminação]: Tá bem assim?

2.°: [Interrompendo a sua movimentação tabagista]: Sim. [Após um momento de reflexão]: Agora precisamos de algum movimento que preencha esse vazio... [Começa a andar pelo palco, traçando no chão um percurso na forma de um ∞ – enquanto o 1.° o acompanha com a sua lanterna sempre fiel. Continua]: ... buscando uma forma que impeça a total submersão no caos... criando um ritmo que justifique a alternância entre a escuridão e a luz... [Durante toda esta fala, a sua voz pouco a pouco se esquece do tom artificial original, como se estivesse involuntariamente "saindo do seu papel"... até, de repente, voltar a ele feito um reflexo condicionado]: Sim... assim: criando [inspira teatralmente pelo nariz] e recriando [expira teatralmente pela boca]... [e chega ao ponto inicial do ∞].

1.°: ... Espero que isso aqui seja permitido...

2.°: O quê? Criar?

1.°: Não: fumar.

2.°: Que assim seja: como "coach" eu preciso dar o exemplo – só fumo cigarros imaginários... [Fazendo uma demonstração pretensamente pedagógica]: No ato de fumar, o essencial não é o cheiro nem o sabor do cigarro – mas a profundidade da inspiração... e da expiração. Eu represento, assim, a meta da nossa companhia: evitar o que nos extermina recriando o que nos inspira!

1.°: ... Nos inspira... a quê?

2.°: [Mecanicamente]: A atingirmos a maior eficiência possível dentro do prazo estipulado evitando qualquer sofrimento desnecessário. [Anda até o meio do palco, sempre seguido pelo feixe de luz obediente. Ali, apaga o seu cigarro imaginário num cinzeiro imaginário: talvez propondo, assim, um ponto final para se terminar esta longa introdução... Em seguida, anda até o lado direito do palco para pôr o "cinzeiro" em cima da mesa ainda livre (sem canetas nem computador) e retorna sem pressa aonde estava antes... De repente – do nada – ouve-se um barulho: sempre sem largar a lanterna, o 1.° executa – com a fivela de metal do seu cinto – um baque ressonante no pé da cadeira que está de cabeça para baixo, seguido de diversos outros baques cada vez mais rápidos – como se um objeto metálico com a forma de um cinzeiro estivesse caindo numa superfície plana. Quando este "objeto" "para", o 2.° pergunta – imobilizado de frente para a plateia]:

– O que foi isso?... Quem criou esse som?

1.°: [Pretensamente misterioso]: Eu acho que foi o seu cinzeiro... caindo no chão!...

2.°: Foi você que o derrubou?

1.°: Não... [Afivelando rapidamente o seu cinto]. [Breve pausa – longa demais para esta cena].

2.°: Então foi ele.

1.°: Ele – quem?!...

2.°: Joseph Haydn! [Aponta para cima: a luz da lanterna segue o seu movimento e se fixa no retrato do compositor supracitado].

1.°: E quem é ele?

2.°: [Teatralmente pedagógico]: Mais luz! [O 1.° acende todas as luzes do palco – e deposita a lanterna apagada na mesa vazia. O 2.° prossegue – teatralmente didático]:

– Nascido em 1732 e falecido em 1809, Joseph Haydn foi um compositor austríaco considerado pelo consenso geral como um dos mais importantes representantes do assim chamado período clássico. Segundo a crítica especializada, exerceu uma enorme influência não somente sobre os seus contemporâneos, mas também – num sentido amplo e irrestrito – sobre toda a história da música até os dias de hoje: nenhum criador digno deste nome conseguiu escapar do seu extraordinário e onisciente senso formal. A estrutura haydniana nos propõe um universo musical onde nada é fortuito e tudo se correlaciona: partindo de temas aparentemente banais desenvolve um intenso trabalho de elaboração motívica de tal forma que, ao final da obra, o ouvinte mais atento terá a sincera impressão de se encontrar num mundo meticulosamente construído graças a uma inacreditável precisão – pois intrinsicamente baseada nos seus próprios critérios; os quais, por sua vez, se por um lado se revelam extremamente complexos, por outro se demonstrarão eventualmente indecifráveis...

1.°: [Pigarreia, interrompendo o outro – e fala como um aluno bem-comportado]: Ou seja: ele compõe um todo extremamente poderoso – organizado a partir de alguns pequenos "nadas"!...

2.°: Exato. [Sem saber como continuar, vai até o "ponto" e lê a folha de papel à sua direita; depois volta ao ponto anterior e continua]:

– Sobretudo, Haydn concebe cada uma das suas obras como uma nova e radical experimentação formal, criando surpresas inusitadas e até mesmo bizarras – por vezes sutis, por vezes grotescas...

1.°: Sendo assim, o cinzeiro caindo no chão poderia ser interpretado como uma "inusitada surpresa haydniana"!...

2.°: [Saindo de novo do seu papel...]: Ou como uma invenção, um lance ou uma brincadeira sua... Ou nossa?... [... e voltando a ele novamente]: Se no passado a graça estava no rufar dos tambores, hoje ela se encontra na projeção de um objeto metálico semiesférico.

1.°: Ou nessa provocação que nos foi lançada agora: sendo assim, dessa forma – qual seria o nosso papel aqui, afinal? O que estaríamos fazendo e refazendo esse tempo todo – criando ou recriando?

2.°: Recriando.

1.°: [Aparentemente surpreso, vai até o "ponto" e lê a folha de papel à sua esquerda; em seguida dirige-se ao 2.°, provocando-o]:

– E qual seria o nosso próximo lance nesta recriação?

2.°: Ninguém recria ou cria só a partir do nada! O lance mais estratégico seria partir mais uma vez do movimento – recapitulando de uma forma dinâmica o que se passou até agora. [Vira-se, lentamente, de costas para a plateia – e portanto de frente para Haydn... como um maestro antes de começar um concerto. Para tanto, solicita uma cooperação]:

– Por gentileza, me ajude a elevar o nível do meu primeiro movimento: por obséquio, traga uma cadeira até aqui. [O 1.° obedece, colocando a cadeira que estava de cabeça para baixo de pé – de frente para o outro, bem embaixo do retrato de Haydn. Pretensamente artista, o outro sobe naquela peça de mobília burocrática com um ar grave e pedante. De pé, retira cuidadosamente o "objeto" de cima (ou da frente do) relógio e o entrega ao 1.°, que o acolhe com um cuidado excessivamente cerimonioso. Virando-se para o outro, o 2.° declama]:

– Houve um 1.° movimento... [Desce rapidamente da cadeira, dirigindo-se ao "objeto"; vira o retrato de Haydn para o lado oposto à plateia e roda-o até a parte esquerda do palco... De repente, começa a empurrá-lo vigorosamente em direção ao 1.° – que, num reflexo condicionado, sai do caminho no último momento. Surpreso, o 2.° sussurra]:

– Não, não: você deveria cair no chão!... [Recua com o "objeto" e reclama]:

– Voltando ao 1.° movimento... [Repete o movimento anterior: desta vez o 1.° cai no momento e no lugar aparentemente combinados – onde pretensamente grita]:

– Ah! [O 2.° para imediatamente. E continua a sua exposição]:

– ... um 2.° movimento... [Roda o "objeto" até o centro do palco, colocando-o no chão com o retrato virado para baixo. Senta-se ali, no lado direito – e, com um gesto camarada, convida o outro a fazer o mesmo. Ele o obedece, sentando-se no lado esquerdo. Por um momento os 2 permanecem assim: um em frente ao outro, em silêncio – até que o 2.° prossegue]:

– ... um 3.° movimento... [Faz um pequeno gesto circular, após o qual ambos se levantam e colocam o "objeto" em posição vertical – com o retrato virado para o fundo do palco. Sem sair do lugar, o 1.° começa a rodá-lo lentamente – enquanto o 2.° pratica "jogging" ali dentro. Obedecendo a um gesto do 2.°, o 1.° para o "objeto"; em seguida, o 2.° sai dali e finaliza]:

– ... e um 4.° movimento.

[Breve pausa – desnecessariamente prolongada por um olhar pretensamente misterioso do 2.° por todo o seu redor... até o 1.°, de repente, deixar cair o "objeto" – da mesma forma como o "cinzeiro" aparentemente caiu anteriormente: com o olhar haydniano cada vez mais próximo do chão. Sussurrando, o 2.° tenta interromper o outro]:

– Não – isso não seria preciso não!... [Quando o "objeto" para ele continua]:

– O movimento real desta vez foi imaginário: ... aquele "cinzeiro" caindo... [Saindo definitivamente do seu papel]: Desta vez nós chegamos à abstração!

1.°: ... E como sairemos dela?

2.°: Pelo movimento contrário...

1.°: [Olha ao seu redor procurando uma saída e não encontra nada].

2.°: ... ao qual a própria abstração nos conduzirá... [Como um diretor de teatro]: Menos luz! [Dirige-se ao lado esquerdo do palco; enquanto isso, o 1.° conduz rapidamente o "objeto" – com o retrato de Haydn olhando para o chão – para perto da cadeira que está vestida; ali, apaga a luz do lado direito do palco. Segurando-se em 2 cordas imaginárias, o 2.° se senta no respectivo balanço imaginário – do lado esquerdo da outra cadeira, tão frontalmente real bem no meio do palco. Preparando-se para iniciar o movimento, pede]:

– Você poderia me dar o empurrão inicial?

1.°: [Obedece. Com a ajuda das suas pernas, o 2.° começa a se balançar para frente e para trás – livre como uma criança. O 1.°, surpreso com o efeito libertador do seu gesto, afirma]:

– Pronto!... [O 2.° olha para o outro como se estivesse lhe agradecendo. Logo depois começa a reduzir o movimento, quase parando... O 1.° se surpreende novamente]:

– Já acabou?

2.°: Quase – agora só falta você.

1.°: [Quase impaciente]... foi para isso que nós viemos até aqui?... [Começa a se balançar, à esquerda do outro – a princípio meio a contragosto].

2.°: Ouvi dizer que é uma das formas mais eficientes de se atenuar essa tensão... que antecede quase toda libertação. [Enquanto ele fala os 2 balançam juntos, atingindo pouco a pouco o mesmo ritmo. Durante este breve instante, sorriem – quase infantis – por um momento. Em seguida começam a parar – aos poucos e sempre juntos... quando de repente o 1.° sai do "balanço"]:

– Ouvi dizer que é uma das formas mais espontâneas de se voltar a ser criança!... [Surpreso, o 2.° para de se mover... Consequente, o 1.° tira a camisa e joga-a no chão, ficando de camiseta; em seguida arregaça as calças, transformando-as em bermudas. Inconsequente, o 2.° se dirige até o "ponto" e relê a folha de papel à sua direita; o 1.°, por sua vez, vai até o "ponto", arranca a outra folha do computador e a amassa – formando uma bolinha de papel meio disforme. Informal, brinca sozinho com ela: jogando-a para cima, pegando-a no ar... E – como uma criança que venceu um jogo – anuncia]:

– O surpreendente em ser criança... [com a bolinha na mão, olha ao seu redor imaginando aonde jogá-la... Malcomportado, esboça um lance em direção à plateia... mas interrompe-o no último momento – para finalmente atirá-la na parte esquerda (iluminada) do relógio. Finaliza]: ... é que a gente não precisa mais de isca!

[Pausa. Após permanecer imobilizado pela surpresa, o 2.° retruca]:

– ... Estar em movimento basta. [Vai ao lado direito do palco e acende a respectiva luz; em seguida tira a camisa, joga-a no chão e arregaça as calças – transformando-se num reflexo condicionado do outro].

[Pausa. O 1.° reage: tira os sapatos e as meias, vai para a frente da plateia e joga um anzol imaginário no respectivo mar imaginário, cujas "ondas" ressoam quase inaudíveis no ar à sua frente... Começa assim, com grande entusiasmo, a tentar puxar o "peixe" que aparentemente acabou de fisgar... Na ponta dos pés, o 2.° retira a cadeira do meio do palco e a coloca – sutilmente – no canto esquerdo, quase de frente para o 1.°. Senta-se ali, observando o outro. Aos poucos submerge numa postura fragilizada, meio sonolenta – como uma criança doente: inclina-se para um dos lados, com as mãos formando um pequeno travesseiro embaixo da cabeça. Contempla em silêncio os movimentos do outro. O 1.° – ao perceber que está sendo observado com uma atenção incomum – fala]:

– Quer pescar?

2.°: [Não responde – imóvel].

1.°: [Vira-se para o outro, fincando a "vara de pescar" na areia imaginária. Repete]:

– Ei você, quer pescar?!

2.°: [Abana a cabeça negativamente].

1.°: [Chegando – cuidadosamente – mais perto]:

– Você... não fala?...

2.°: [Abana a cabeça novamente].

1.°: Ah... acho que já ouvi falar: ... é a criança que não fala... [começa a andar pelo palco formando um ∞ no chão]... que não gosta de dizer nada... que fica só observando... contemplando os movimentos alheios... quem sabe vislumbrando ali uma estrutura invisível para os outros?... Que escuta as falas alheias... ouvindo nelas, talvez, uma música velada, latente... A criança que gosta de ficar só

– se aquecendo no calor dos seus "nadinhas", como se fossem a sua lareira... [retorna ao ponto inicial; olha para o outro – esperando uma reação. Surpreendentemente, o 2.° se levanta, desarregaça as calças e apaga a luz do lado esquerdo; e, no escuro – imobilizado no papel do pai da criança que não fala – diz]:

– Uma música latente!... Latente e velada – como você dizia. Velada: ... nascida da ausência latente... de uma mãe fatalmente ausente... que há pouco tempo retornou para sempre ao seu nada. [Acende a luz do lado esquerdo; caminha lentamente ao lado direito e despe a cadeira, colocando o paletó e a camisa em cima do computador mais próximo; paternalmente, carrega no colo esta cadeira nua até o lado esquerdo do palco, posicionando-a lado a lado da sua irmã gêmea. Aconchegando-se neste sofá recém-nascido, diz]:

– E o meu papel, enquanto pai, é dar colo a esta criança... ao seu medo de dormir no escuro... à possibilidade de nascimento de uma outra música... talvez mais lúdica e inspirada... [Com cuidado, acolhe nos seus braços a criança imaginária, deitando-a com a "cabeça" no seu colo e os "pés" no "sofá". Ecoa]:

– ... Esse é o meu papel... ou a minha graça... [Maternalmente, começa a afagar a cabeça da "criança"... cantando em voz baixa – como uma canção de ninar – uma melodia haydniana... desde a sua primeira nota inesquecível... até ela enfim adormecer. Quase imperceptível, sai do "sofá" deixando a "criança" ali – agraciada no colo da sua ausência... De pé, faz um gesto ao 1.° pedindo silêncio; dirige-se ao seu paletó, à sua camisa e, silenciosamente, retira-os do chão – para transformá-los respectivamente no cobertor e travesseiro da "criança". Completa o ritual beijando-a – de olhos fechados – no "rosto". E, sussurrando, finaliza]:

– Mais cedo ou mais tarde... todo movimento cessa. [Apaga a luz do lado esquerdo. Dirige-se ao 1.°]:

– Boa noite. [Prossegue em direção ao lado direito. O 1.° o persegue com um olhar espantado e exclama]:

– Mas... eu não sei brincar sozinho!

2.°: [Refaz o gesto anterior pedindo silêncio – e retruca em voz baixa]:

– Crie; recrie: procrie... Recreie-se! [Apaga a luz do lado direito].

[Pausa].

[De repente, o 1.° engatinha apressadamente até o “sofá” e rouba o paletó e a camisa da

“criança”. Sempre de 4, volta rapidamente ao lado esquerdo do palco – onde em pouco tempo amadurece: levanta-se, fica de pé, tira a camiseta, veste a camisa, enrola a camiseta dentro dela formando uma barriga imaginária – e veste o paletó. (Advertência: se essa “barriga” começar a se desfazer, o ator pode confortavelmente segurá-la com as 2 mãos cruzadas – tomando o cuidado de se parecer mais com um velho guloso do que uma mulher grávida). Quando estiver confortável no papel do avô, bate 4 vezes no palco de madeira – que agora soa como uma porta imaginária – acende a luz do lado esquerdo e saúda]:

– Bom dia... o meu netinho dormiu bem? Que noite quente, hein? Nem foi preciso cobertor... [Aproxima-se do “sofá”, dá um beijo na “criança” e inspira]:

– Que bom que você veio passar um tempo aqui, na casa do vovô... Assim o vovô pode te mostrar umas novidades... umas surpresas – que ficam circulando por aqui, bem pertinho da gente, e a gente nem percebe... [Começa a caminhar pela parte esquerda do palco, formando no chão da “casa” um ∞ que envolve o “sofá”; sem pressa, vai matutando pelo caminho]:

– ... É só a gente ver... com um olhar bem acordado... como num jogo, ou numa brincadeira: ... Olhando bem as coisas à nossa volta... mas se atrevendo a enxergar um pouco além delas. Primeiro, os móveis ao nosso redor... o assoalho... o corredor. Depois, a lareira... a mesa de jantar... a poltrona... a cozinha... e a copa. Por fim, os quartos de dormir... o jardim... as plantas... a estrada... o céu... [Durante toda esta fala, o timbre da sua voz – através de pequenas variações no seu matiz – ilumina sutilmente o significado de cada um desses termos... como se pudesse, assim, evocar os respectivos adjetivos ausentes... Retornando ao “sofá”, dá a mão ao seu “neto” e, com ele ao seu lado, aproximam-se o mais perto possível da plateia. Prossegue]:

– ... e então... [aos poucos saindo – sem perceber – do seu papel]... quando anoitece... quando a Terra está prestes a encerrar mais um ciclo, nos embalando nesse seu movimento contínuo mas imperceptível – quase maternal... aí, então, podemos ver mais... vendo o que sempre esteve aqui e nós não conseguíamos – ou não queríamos – ver...

(Será que tínhamos medo do impacto que essa visão teria sobre nós?)... Pois então, assim de repente – em algum lugar, bem próximo da nossa presença [apontando lentamente em direção ao público]... aparece este espaço além do tempo! [Olha de relance para alguns olhos surpresos na plateia. Continua]:

– Volta e meia – quando não precisamos atingir metas ou objetivos – conseguimos alcançá-lo. E – se aprendemos a enxergá-lo – conseguimos até mesmo ouvi-lo: a sua pulsação, o seu alento... sendo inspirado, expirado, respirado... [Começa, durante algum tempo, a respirar no mesmo ritmo que o público... Conclui]:

– ... Suspirado: de repente – sem qualquer explicação ou interpretação – assim como ele apareceu, desaparece! [Silêncio].

[Subitamente, a sua "barriga" cai no chão. Ele disfarça a sua surpresa, ou nervosismo, tossindo 4 vezes e se virando de costas para a plateia – para rapidamente recuperar a camiseta e voltar ao papel de avô. O 2.° aproveita este conserto improvisado para se aproximar, sutilmente, do computador-camarim – onde veste a sua camisa, o seu paletó e se transforma novamente numa repetição do outro. (Advertência: aqui também é recriada a barriga imaginária). Em seguida, pega a lanterna e – representando o tio-avô – ameaça]:

– Pois o tempo passa rápido... [Dirige-se, quase impaciente, ao lado esquerdo do palco onde finaliza]:

– Mais rápido do que podemos imaginar: a nossa noite já chegou. [Apaga a luz do lado esquerdo].

[Breve pausa – mais rápida do que se esperava ou imaginava].

[Acendendo a lanterna, o 2.° continua]:

– E com ela, o tio-avô! [Coloca as 2 cadeiras de frente para a plateia, uma ao lado da outra, sempre no lado esquerdo do palco – propondo a recriação de uma cena talvez já esquecida. Sentando-se na cadeira à direita, faz um gesto luminoso – com a lanterna – convidando o outro a se sentar ao seu lado; o 1.° obedece. Recreador, o 2.° põe a lanterna em pé – entre os 2 – com a luz em direção ao teto – sugerindo um luar sem lua... Lentamente, os seus corpos começam a se mover – para frente e para trás – tornando real o balanço imaginário das cadeiras... Longínquo, o 2.° cantarola alguns ecos dum movimento passado]:

– Au – au... au – au!...

1.°: [Como se estivesse corrigindo um solfejo]: Ão, ão, ão, ão!

2.°: Não, não: au – au! Já se esqueceu? Os cachorros boêmios, lá longe, latindo... Quem sabe talvez nos observando?

1°: [Quase sem paciência]: Já estariam dormindo há muito tempo – como nós daqui a pouco... Será que não há nada de extraordinário pra se ver por aqui?

2.°: [Para de "balançar"; o outro também. Olha ao seu redor; o outro não]: Quem sabe as estrelas?

1.°: [Querendo terminar a cena]: Aqui, nesta noite precipitada, só o que há é esta lua anã e opaca. [Pega a lanterna impassível – utilizando a sua luz para inspecionar e desiludir o teto em cima da plateia... Sentencia]: Definitivamente: aqui não há estrelas.

2.°: Pois então reciclemos a lua! [Liberta a lanterna das mãos do 1.°; com o auxílio da sua luz procura e acha a bolinha de papel esquecida no chão. Leva-a até a mesa onde as 2 canetas não estão fazendo nada e – com uma delas na mão – faz pequenos orifícios na folha de papel agora aberta. (Advertência: quando as suas mãos não estão livres, a lanterna fica deitada num lugar qualquer, em uma das 2 mesas). Retorna – de costas para a plateia – com as 2 canetas, a folha perfurada e a lanterna à sua cadeira. Onde uma das suas mãos põe a lanterna na mesma posição anterior, enquanto a outra esconde a folha de papel em um dos seus bolsos. Como um mágico preparando o seu truque, oferece uma das canetas ao outro – enquanto ele mesmo segura a outra retransformando-a numa "vara de pescar". Anuncia]:

– As estrelas... precisam ser pescadas! [Empunha a sua "vara de pescar" – demonstrativamente – em frente à plateia; meio a contragosto, o outro aos poucos o imita, obedece ou repete. Em voz baixa, o 2.° completa]:

– ... mas, às vezes, nós pescamos melhor de olhos fechados... [Fecham os olhos – primeiro o 2.°, depois o 1.°. Quando se ouvir algum som na plateia – por mais inaudível que aparentemente soe – o 2.° arregala os olhos e exclama em voz baixa]:

– Uaau!... [Levanta-se e – inquieto como uma criança – começa a puxar o seu "anzol"].

1.°: [Sussurrando]: Pescou alguma coisa?

2.°: ... Um nada! [Retirando-o do anzol como se fosse um peixe extraordinário]... E dos grandes... [Põe a "vara de pescar" na sua cadeira e o "peixe-nada" em cima do papel que estava no seu bolso – conduzindo-o lentamente à lanterna. Cobre-a com a folha de papel na sua mão e – num tom de voz normal – comemora o seu passe de mágica]:

– ... E agora: abra os olhos! Veja o que nós pescamos! [O 1.° obedece. Com a segurança de quem – provavelmente – ensaiou os seus movimentos com bastante precisão, o 2.° inclina – com uma das mãos – a lanterna em direção ao céu... que momentaneamente se situa em cima da plateia. Subitamente, retira a sua mão da frente do feixe de luz, projetando – através dos pequenos orifícios do papel – diversas "estrelinhas" naquele espaço noturno... Recita]:

– Luzes... lúdicas... luzindo... iludindo... – luarizando!... [Começa a girar lentamente a lanterna – descrevendo um ∞ no ar; pouco a pouco acelera o seu gesto, brincando de co-mover o espaço – até a iluminação do teatro começar a brincar junta, multiplicando progressivamente a quantidade de estrelas projetadas. A partir deste momento o seu movimento se desacelera, voltando à lentidão inicial: ... agora, as estrelas e a sua mão se movem, quase imperceptivelmente, ao – e no mesmo – tempo... de tal forma que ninguém perceba quem está regendo quem... O 2.° experimenta uma continuação]:

– ... Mais luzes... ludibriando... aludindo... – estrelando! [Surpreso, o 1.° se levanta, esquece a sua vara de pescar na cadeira e contempla o espetáculo... Enquanto o 2.° tenta ampliar a plateia]:

– Não quer chamar o seu netinho? Para ver conosco o nosso céu...

1.°: ... Ele está vendo tudo lá de dentro... Sempre deixo uma porta ou uma janela aberta... Dessa forma a gente fica sempre em contato, e mesmo distante eu não me esqueço dele... dos seus olhos surpreendidos... da sua vontade constante de querer ver demais...

2.°: Ver demais o quê? As estrelas?

1.°: Tudo o que possa deslumbrar este espaço além do tempo...

2.°: Então é esse o nome que ele dá a isso tudo? [Apontando para o universo à sua volta].

1.°: Não: esse nome escolar, burocrático, pouco inspirado foi improvisado – sem grande originalidade – por mim. [Vira-se de costas para a plateia e aponta para o seu neto, lá dentro da casa. Continua]:

Enquanto a criança, por outro lado, preferiu esperar no anonimato... e, depois de algum tempo, seguir numa outra direção... [Tenta avistá-la naquele grande nada, enquanto o 2.° abandona a folha de papel na sua cadeira, vira-se de costas para a plateia e começa a iluminar a casa vazia em busca da criança. Esquecidas, as estrelas permanecem imóveis, fixas no céu indiferente. O 1.° continua]: ... se surpreendendo... em busca de algum nome... que pudesse, de uma forma apropriada, batizar o inominável. Por isso, saiu por aí procurando palavras... até perceber que essas palavras só podem ser vivenciadas se proferidas por outros seres humanos... Cresceu. [Neste momento a luz da lanterna atinge o relógio – se fixando nele. Brevíssima pausa – quase imperceptível. O 2.° condena]:

– E como não encontrou nada, [saindo conscientemente do seu papel] se tornou um coach! [Neste instante todas as estrelas se apagam e as luzes dos 2 lados do palco se acendem. Tirando a camiseta da sua barriga, continua]: Tematizando assim, ao escolher este trabalho quase abstrato, a sua própria insuficiência... a sua mais profunda falta! [Andando em direção à mesa mais próxima do fundo do palco]:

– E, na busca desenfreada de alguma forma que reestruturasse a falta desse nome, pareceu-lhe mais conveniente se preocupar com os problemas dos outros... [Colocando a lanterna – apagada – em cima da mesa]:

–... buscando soluções para as faltas alheias. [Dobrando a camiseta, deitando-a ao lado da lanterna]:

– Primeiramente tentou convencer os outros – e portanto a si mesmo – que, graças a determinados exercícios ou testes, atingiria-se um novo estado de consciência... onde a existência do espaço além do tempo seria percebida por todos. [Dobrando o paletó, cobrindo a camiseta com ele]:

– Mais tarde, porém – tentando satisfazer a sua clientela mais rapidamente – simplificou a sua linguagem, concentrando-a num só exercício-teste de x [x = duração em minutos da presente encenação] minutos. [Voltando para perto do 1.°]:

– E finalmente – talvez por decepção, frustração ou vingança – decidiu usar estes mesmos x [x = duração em minutos da presente encenação] minutos para provar justamente o contrário: que esse maldito espaço além do tempo, cuja falta de concretude tanto dificultou a sua vida, nunca existiu nem nunca existirá: não passa de mais uma recriação pueril da nossa própria fantasia!

[Pausa. Saindo conscientemente do seu papel, o 1.° caminha até a outra mesa. Ali, livra- se da sua camiseta e paletó, deposita-os apressadamente em cima do computador-guarda-roupa e suplica]:

– Mas... e aquela mulher?! Você está se esquecendo do caso de amor que ela teve com o coach!...

2.°: [Sem misericórdia]: Convenhamos: falemos de caso, não de amor; e mais precisamente do coach com ela do que no sentido inverso; já o verbo ter pode ser mantido sem perdas nem danos... Recapitulemos: uma colega de trabalho, naturalmente bem mais jovem do que ele, fascinada pela sua verborragia empresarial.... Quanto mais ele falava, mais ela acreditava – e ele também. Consequentemente, concretizaram a nudez, a cama e – depois de muitas tentativas – o despojamento: um nada a ser compartilhado pelos 2. Haviam finalmente chegado aonde ele tanto queria, à maior promessa de toda a sua carreira profissional e pessoal... Ele, contudo, se calou. Não teve a humildade de chamar aquele novo espaço – que ainda se situava fora do tempo – de seu. Não percebeu a sua presença dentro do seu próprio quarto... Não conseguiu vivenciar a profunda dimensão do seu nada. Por isso não houve amor – mas somente um caso. Um caso a mais... [Como se estivesse finalizando a peça].

1.°: [Aproximando-se um pouco do outro, de repente agoniza]:

– Não! Esta história não pode acabar assim!... Depois disso... o coach viu algo surpreendente...

2.°: [Interrompendo]: ... mas previsível. Inesperado mas inevitável... Prescindível! [Predestinado, dirige-se às 2 cadeiras, guarda as 2 canetas no bolso, aproxima uma cadeira da outra, posiciona-se atrás delas e recomeça a balançá-las lentamente... desta vez de uma forma não sincronizada... degradando-as a 2 cadeiras de balanço enferrujadas e anacrônicas. Coreografando esta aproximação do fim, as luzes vão pouco a pouco se apagando – até só restar um único feixe de luz, vertical e imóvel, iluminando de cima as cadeiras vazias... Do nada, o 2.° range]:

– ... ãh... ãh... ãh... ãh... [Envelhece a voz]: ... Ah... ah... ah... ah... [Infantiliza a demência]: Dada... dada... Marmelada... quero uma trepada – com gosto de marmelada!... Nada... nadaaaa!... [Falece a voz envelhecida]: Ai... ai... ai... ai... [E emperra os rangidos enferrujados]: Ãh!... ãh!... ãh. [Parando de respirar, paralisa as cadeiras. Breve pausa. Subitamente, deixa uma cadeira cair no chão – e em seguida a outra. De mãos livres, volta a respirar. O feixe de luz se reduz ao mínimo necessário para que se perceba que as 2 cadeiras estão mortas. Fataliza]:

– Todo movimento... [Aproximando-se das cadeiras, depõe no chão – em frente a elas as 2 canetas em forma de cruz. Termina]:

– ... cessa. [Confirma o fim com um instante de imobilidade. Depois sugere uma coda, afastando-se da luz fátua sem se virar de costas – recuando devagar, quase imperceptível... Terminada a cerimônia, começa a andar normalmente para a direita – provavelmente com a finalidade de sair do palco – quando é interrompido pelo 1.°]:

– Pela última vez, pare! Só por um momento, por favor... [O outro obedece. O 1.° prossegue]: Após testemunhar o fim dos movimentos, o coach buscou algo que sobrevivesse a esse fluxo incessante... [A partir de agora, o feixe de luz cresce, volta à sua intensidade normal e começa a desenhar lentamente, no chão, um ∞ – sem jamais iluminar diretamente nenhum dos 2 homens... Enquanto o 1.° continua]: Algo que continuasse... e talvez permanecesse... ainda que parcialmente... mesmo que com maiores ou menores variações. E assim, ele reencontrou – isto é: retornou – ao espaço além do tempo... Que sempre esteve ali, bem na sua frente – tão próximo e tão prosaico – esperando-o logo após as cadeiras, naquela noite estrelada além do jardim invisível: ... intangível porém alcançável; inefável – pois ainda intacto...

2.°: [Amputando]: Um momento agora digo eu! Este tema já foi repetido inúmeras vezes, seria perda de tempo continuarmos com essa obsessão interminável!...

1.°: [Perdurando]: Justamente por isso ele decidiu comprovar o fato! Definitivamente! Para acabarmos com toda essa história de uma vez por todas. [Dirigindo-se ao ponto]. Enfim – ele comprou uma câmera: nova, moderna, avançada, eficiente, eficaz, portátil, digital, de alta sensibilidade, com controle remoto, ecológica, saudável, sustentável, globalizada, economicamente viável – ou seja: capaz de filmar no escuro sem luz artificial durante x [x = duração em minutos da presente encenação] minutos ou mais!... E instalou esta máquina quase divina bem aqui. [Neste momento, ele e o feixe de luz chegam juntos ao ponto.

Ele assegura a sua mão em cima do computador e – situando-se entre a máquina e a plateia – advoga]:

– E, assim, conseguiu documentar a existência do seu espaço sem nome. [Retira a parte superior do computador e a deposita no chão, sem observar o papel colado na tela. Surpreendentemente, ali dentro se vê – como se desempenhasse o papel da alma daquela máquina – a câmera, encarando de frente a plateia no escuro! Virando-a para o lado oposto, o 1.° profetiza]:

– Vejamos... o que ele viu! [Pega as 2 cadeiras e põe uma de cada lado da câmera – de frente para o fundo do palco – formando a sua própria plateia. Lúdico, convida com um gesto teatral o outro a se sentar ali... iludindo-o]:

– Respeitável público... [Ludibriado, o 2.° se senta no lugar reservado – como um menino na arquibancada de um circo; enquanto, na outra cadeira, o 1.° – se sentindo como um mágico antes de entrar em cena... malabariza]:

– Música, maestro! [As luzes se apagam. Como num espetáculo de mágica ou música, do nada se ouve aquela melodia haydniana que o pai cantava anteriormente... Desta vez, porém, com todas as vozes ou instrumentos previstos pelo autor: uma gravação altamente profissional – profundamente eficaz, imaculadamente digital – ressoa por todo o espaço... Como que seduzida pela transparência desse concerto, aos poucos vai surgindo da escuridão – a princípio fraca e difusa, depois gradativamente mais nítida – a projeção de um filme no fundo do palco. Nele se reconhece o próprio público – surpreendente e surpreso, representando o papel da alma desta peça – filmado inadvertidamente por uma câmera desta vez real, discretamente instalada no palco ou no teto do teatro! As cenas exibidas mostram os atuais espectadores, na plateia, antes do início da peça e/ou durante os seus intervalos. (Advertência: caso isto não seja possível, poderia-se filmar o público no foyer do teatro – pouco antes de entrar na sala de espetáculos; todavia – verdade seja dita – a 1ª. possibilidade é, sem dúvida nenhuma, a mais eficaz). Após um determinado espaço de tempo, o filme e a música começam pouco a pouco a desaparecer simultaneamente... até que se instale, no tempo e no espaço, a completa ausência da imagem e do som].

[Pausa].

[Com a voz cansada, o 2.° recomeça]:

– Onde está a luz?

1.°: [Acabado]: Como?!

2.°: [No mesmo tom anterior]: ... A lanterna. Deve estar naquela mesa... [Começa a engatinhar, sem pressa, na suposta direção].

1.°: [Levantando-se, desnorteado, no escuro]: Porra: não pode ser! É inacreditável! Eu finalmente consigo demonstrar que a mais incrível das visões pode se tornar real – sendo até mesmo visível por alguns minutos – e a sua única reação é simplesmente procurar uma lanterna... engatinhando no escuro feito uma criança assustada!

2.°: [Sem sair do seu tom]: Feito um adulto cansado. Pra mim chega!... [Acende a lanterna, iluminando um caminho do lado direito ao esquerdo do palco – como naqueles cinemas antigos, quase teatrais, da época em que o seu avô era criança... e acaba se perdendo]:

– Você ganhou. Eu não consigo mais improvisar.

1.°: [Desconcertado]: Improvisar? Eu achei que quem estava improvisando aqui fosse eu!

[O 2.° vai até o ponto desconstruído, arranca a folha de papel da tela e a ergue como um troféu – confrontando o outro com a total ausência de palavras exibida em ambos os lados. Em seguida – após estar certo de que a brancura daquele nada surtiu o efeito desejado – deixa-a cair no chão... outonalmente... se despedindo]:

– Este é o meu ponto... e o meu final. [Anda decidido, mas sem pressa – feito um lanterninha – rumo à porta do teatro: chutando ou pisando nas canetas, saindo com destreza do palco, passando pela plateia com indiferença; no entanto, quando ele se encontra no meio do caminho, o 1.° – chocado – intervém]:

– Mas o que é isso? Aonde você vai? [O 2.° para – de costas para o outro; o 1.° prossegue]: O nosso tempo ainda não acabou! Ir embora antes do prazo não pode ser a saída... [O 2.° prossegue no seu ritmo anterior; enquanto o 1.° – vendo a falta de eficácia das suas palavras – menospreza]:

– Só gostaria de lhe pedir um último favor: ...

[O 2.° para, sempre sem jamais olhar para o outro; o 1.° despreza]:

– ... Ao fechar a porta, não se esqueça de acender a luz. [O 2.° hesita uma última vez... logo em seguida prossegue, obedece... e – já quase ausente – excede: liga todas as luzes possíveis do teatro, inclusive as da plateia – e bate a porta definitiva em silêncio].

[O excesso de claridade cega o 1.° por alguns instantes. Com a mão protegendo os seus olhos fechados, tenta continuar as suas falas anteriores – como se o outro ainda estivesse presente]:

– Você está desistindo da parte mais importante! Agora – somente agora – poderemos nos movimentar livremente. Livres de compromissos inúteis: sem coach nem Haydn. [Removendo lentamente a mão, abaixa gradativamente o seu tom de voz]. Agora, afinal, conquistamos a possibilidade de nos observarmos sem filtros nem metas... De contemplarmos sem deformações o que chamávamos de nossa essência... – se é que há alguma... e se é que ela é só nossa. Para isso precisamos do outro... [Abre os olhos com vagar – já acostumados com a intensidade da nova iluminação... e, pela primeira vez, busca conscientemente o contato direto com o público]: ... ou dos outros! [Fazendo um gesto humanamente teatral, como se estivesse cumprimentando discretamente os espectadores]:

– ... Batizando, enfim, a plateia de público. [Avistando-se – numa momentânea eternidade – nas pupilas de cada espectador]. Buscando na companhia o com... nas graças a graça... na noite iluminada o nosso nada em comum. Libertando-nos da solitária condição de personagem. [Respirando junto com o público].

[Pausa – pulsada junto com o público até que ele possa ser chamado de seu... Neste momento, improvisa alguma reação (que exprima o encantamento deste seu encontro pessoal com aquele todo)].

[Brevíssima pausa. Subitamente, olha no sentido contrário – em direção à saída]:

– Por isso ele fugiu. Não suportaria esta contemplação por muito tempo. Sentiria saudades do trabalho – como uma forma de neutralizar esta ameaça anônima... latente... [Virando-se para o seu público como se estivesse voltando para a sua casa]: ... inefavelmente presente! [Sorri – e contempla o próprio sorriso de olhos fechados]. Onipresentemente recriadora... [De repente reabre os olhos]:

– Talvez por isso as portas estivessem abertas desde o começo, como todo o mundo sempre soube: para que fôssemos embora, para que escapássemos desta presença inominável [evocando o seu público com um gesto em direção à plateia]... inesquecível. [Começa a andar pelo palco formando um ∞ no chão]:

– ... Pois quando dois ou mais seres humanos se encontram... e atingem o silêncio... e comungam deste silêncio... presenciam o nascimento do teatro. [Interrompe o seu percurso em frente ao objeto. Posiciona-o em baixo do relógio, com a foto de Haydn olhando para o céu. E apresenta a sua derradeira surpresa ao seu respeitável público]:

– Ao invés da abstração de um cinzeiro, a concretude de um palco! [Olha, com toda a dignidade de que dispõe neste momento, para aquele cilindro de madeira vazio – provavelmente tentando convencer o seu público a enxergar ali um passe de mágica... Devagar, aproxima-se – talvez demais...]:

– Engraçado... se vista bem de perto, a concretude se demonstra precária... provisória... [Sentando-se no chão feito uma criança]... Este chão, por exemplo: ... de tanto perambular profissionalmente por cima dele nem percebi que já envelheceu... que é feito de uma madeira [adaptar ao material da presente encenação] desgastada pelo tempo... onde alguns breves fragmentos em breve faltarão... [Levantando-se]. Esse(a) [menciona outros objetos presentes naquele espaço – mas sempre sem descrevê-los: a possibilidade de encantamento nasce, espontaneamente, da sincera neutralidade da sua voz] – tudo isso improvisa um tema... que expressa a sua própria fragilidade: o tempo esculpindo a matéria. [Recolhe uma cadeira como se fosse um filho e a pousa, de frente para o seu público, em cima do objeto – que agora já merece ser chamado de pequeno palco. Senta-se nela]:

– Mas o mais engraçado talvez seja admitir que – se contemplado com a devida distância nada disso me fataliza... Pelo contrário: visto daqui de cima, acaba se revelando estranhamente belo...

[As luzes começam gradativamente a perder a sua intensidade... Surpreso, ele sai daquele pequeno círculo e volta a perambular pelo grande palco vazio]:

– E essa luz?! Ou serão essas luzes?... Quem rege essa iluminação sem direção? O coach – ou Haydn? E onde e quando? E como e por que e para que e para quem e a quem, aquém, além, nem, sem... ninguém?... [Para em algum lugar]... Nós vivenciávamos a confortável ilusão de representarmos os papéis principais – até que as próprias estrelas se recriaram em mais estrelas... Desde então se tornou claro, ao menos para mim, que não passamos de assistentes... [Reaproxima-se, solitário, do pequeno palco]... Ah, se pudéssemos ler as rubricas que nos foram destinadas!...

[Só o que resta da luz, a partir de agora, são dois feixes solitários: um, vertical, iluminando o pequeno palco – e um outro, oblíquo, focalizando o relógio. Ele contempla o vazio que ocupa a cadeira na sua frente]:

– Se o meu colega ausente estivesse aqui presente, eu lhe diria:

Engraçado, de uma forma ou de outra, nós sempre retornamos aos mesmos temas de sempre...

E ele responderia:

E isto, mais uma vez, se parece com uma peça de Haydn...

E eu:

Mas eu mal conheço Haydn!...

E ele:

Conhecendo, não conhecendo, mal conhecendo, reconhecendo: nós estamos sempre nos movimentando segundo a sua estrutura. Estamos sendo constantemente recriados – nos recriando.

E eu me recrearia [se sentando paternalmente na cadeira]:

Colo por colo, berço por berço – melhor crer em Haydn do que no coach! [Sorrindo – de frente para a plateia, cúmplice do seu público]:

– Cá entre nós, eu sempre desconfiei da credibilidade desses coaches... Esses textos sem preposições nem conjunções... Esses excessos de anglicismos anunciando uma complexidade inexistente... Melhor trocarmos de direção [faz um gesto solene, como se estivesse apresentando ao seu público o principal personagem principal: o relógio]: que o nosso único maestro seja o tempo! [Olha de relance para os respectivos ponteiros em incessante movimento, reconhecendo que em breve chegarão ao fim desta peça. Inócuo, recolhe devagar a sua mão. Covarde, consola]:

– ... Este último movimento, porém, não cessará. Mesmo que o meu tempo cesse. Mesmo que vocês durmam. E acordem cedo e sem sonhos; e repitam hábitos e reflexos, e se repitam e se esqueçam em alguma hiperatividade profissional... Este nosso movimento final continuará – se continuando. Com ou sem a cooperação das nossas agendas, metas, multas ou planos planos. Com ou sem coach.

[Breve pausa. Confere de novo o relógio. Continua]:

– Não houve tempo suficiente. [Faz um pequeno gesto relembrando a direção por onde o outro saiu]: Ele foi embora cedo demais. Antes de poder concluir que evoluímos linguisticamente. Que não precisamos mais de aspas, siglas, ou pronomes possessivos em excesso – nem de qualquer dramaturgia estratégica. Que não precisamos mais nos envergonhar da nossa repetitividade, da nossa quotidianidade: ... algumas das nossas falas talvez tenham até mesmo soado belas... Agora, finalmente, poderíamos nos escrever por extenso...

E, sobretudo, ele saiu antes de presenciar a última cena [vira-se maternalmente para o seu público]: Diante do espaço além do tempo... a nossa criança vivenciou a sua última surpresa. Muda, chorou. E, sem palavras, consentiu que as suas lágrimas não só saíssem, mas também entrassem: escorrendo em silêncio pela garganta abaixo – lubrificando, cerzindo e redimindo as suas cordas vocais. Resignando por dentro um colo ilimitado...

Ampla, ela fechou os seus olhos limpos; atemporal, inspirou irrestritamente todo o alento à sua volta. E, expirando essa solitária comunhão, sentiu um sopro inefável tangendo as suas cordas vocais, a sua língua e o seus lábios se movendo numa lenta mas eficiente coreografia, uma vibração sonora emanando em voz baixa porém nítida da sua boca surpresa, o seu corpo inteiro se dedicando a proferir um único nome: improvisando, variando ou recriando através de um diminutivo próprio um substantivo comum – esculpindo no ar o termo nadinha!... anunciando, assim, ao seu público presente, que esta criança esquecida havia reaprendido a falar. E, dessa forma, a nossa criança e o seu mundo testemunharam um nascimento sem morte: o batizado de um vocábulo em um nome. [Permanece extático por alguns instantes, tentando retardar o inevitável desaparecimento da imagem cênica criada... até que – de repente inacabado e inacabável como todos nós – acaba relaxando o corpo, banalizando a fala]:

– ... depois, enfim... chegaria o fim. E o público ficaria pensando nas inúmeras variações que são necessárias, hoje em dia, para falarmos sobre temas tão conhecidos de uma forma crível... Ou para escutá-los... [Breve pausa. Confessa]:

– Eu, por exemplo, nunca escutei Haydn: ... quando ouvia a sua música, só via a irrealização das minhas metas profissionais – até que a fama do meu sucesso pudesse ser escutada por todos. Por isso, nunca ouvi nem Haydn nem nada. Ninguém nunca ouviu nada. [Breve pausa. Repete-se]:

– ... só essas repetições, esses ecos... Mas como acabar não se repetindo nesse palco minúsculo? Não creio numa outra saída – nem que vocês creiam... [Breve pausa. Fiscaliza o relógio mais uma vez. Promete]:

– Por isso não haverá atraso. Em breve, tudo isto aqui estará acabado. E eu também desaparecerei em silêncio – como o meu colega já esquecido... O prazo previsto será respeitado. Nossos próximos compromissos ou obrigações serão cumpridos com precisão. Sejamos profissionais ao gerenciarmos o tempo. [Fecha os olhos. Grande pausa. De repente suplica]:

– Ainda não! [Abre os olhos]. Não houve tempo para que eu expressasse a minha gratidão! Fiquei esperando as palavras certas, a rima adequada, os nomes próprios chegarem – e eles não vieram... No final, não veio nada. Só o que se viu, ou o que restou, foi este meu ser em forma de personagem – dependendo da credibilidade de vocês!... [Pausa. Subitamente, otimiza uma possibilidade]:

– Talvez mais criativa do que a obra completa de Haydn seja a nossa reação a ela... Ou as relações – e correlações... [Fecha os olhos. Inspira profundamente – preparando o seu corpo e o seu público para a celebração de um antigo ritual:

... Começa a cantar, em voz baixa, aquela mesma melodia haydniana que se ouviu durante o filme – mas agora completa. Canta-a como se ele próprio fosse o autor da peça – com uma dedicação plena e até então desconhecida – entregando-se incondicionalmente a ela como um criador à sua obra, um filho ao seu pai, um peixe à sua isca ou o público ao seu espetáculo... Emulando-a como o único acontecimento real no seu universo ou na nossa História... Imerso nesta interpretação que mais se assemelha a uma consagração, o seu corpo pode, eventualmente – com poucos gestos ou pequenos movimentos – emoldurar no ar o seu som.

Ao terminar, permanece alguns instantes de olhos fechados – como se estivesse tentando escutar um eco na plateia... Não ouve nada e abre os olhos – observando, com um pequeno movimento ocular na forma de um ∞, o seu público inteiro. Não vê nada de novo e tenta uma outra interpretação: no teclado de um computador imaginário – bem na sua frente – executa novamente a mesma melodia; desta vez, porém – a fim de entreter as suas possíveis fãs – um pouco mais rapidamente, e – para não decepcionar os seus prováveis críticos – acompanhada da respectiva sonoplastia: cada vez que aperta uma tecla, emite, sempre em voz baixa, o som correspondente – alternando as sílabas tic e tac da forma que bem entender... Pouco antes de terminar, interrompe subitamente a sua execução; olha para o lado direito e o esquerdo... e vê que o palco permanece vazio: desta vez, o seu ex-colega não reapareceu. Tenta inverter o sentido do movimento: sempre sentado, move lentamente o seu corpo para frente e para trás – evocando a cadeira de balanço... volta e meia emite alguns sons: os rangidos enferrujados, o ão do avô, o au au dos cachorros – improvisando uma breve musicalização da saudade. Ao acabar, evita olhar para o seu público – talvez preferindo ouvir a sua reação... Antes que ela se defina, parte para uma outra ideia: pega uma vara de pescar imaginária e joga na plateia o anzol; fecha os olhos e apura os ouvidos – como se graças à sua percepção musical pudesse surpreender o seu peixe... Indiferente à qualquer reação – livre da presença do seu público e da ausência do seu colega – fisga algo – ou nada. Puxa-o com dificuldade, com toda a sua força, até ele sair da plateia e ser lançado para cima – em direção ao céu... Aperta os olhos, aguça a vista e, movendo a cabeça na forma de um ∞, procura-o por todo o teto – pelo único céu disponível – sem sucesso: desta vez, não haverá estrelas. Desiludido, abaixa lentamente a cabeça, fechando os olhos. Sem tempo para esperar uma nova forma de inspiração, tenta uma última ideia: sempre de olhos fechados, tira de um bolso um cigarro imaginário e traga quatro vezes: normalmente, longamente, brevemente, muito longamente... Para. Joga no chão o que restou do cigarro; amassa-o com o pé. Sem abrir os olhos, se espreguiça... e começa a se encolher na cadeira, como se estivesse retornando à posição fetal. Se abraça. E só, regressa]:

– Pai, tô cum sono!... [Permanece assim por um instante. Depois – como uma criança com medo – começa a se mover, devagar, para a sua esquerda – sempre sem sair da posição fetal no colo da cadeira – virando a cabeça em direção ao relógio. Abre os olhos, vê o horário. Vê o fim. Com um gesto infantil, tapa os olhos com as suas mãos. Órfão, volta aos poucos à posição de adulto: senta-se formalmente na cadeira, descobre e abre os seus olhos. Por um momento encara o seu público de frente: sem papel nem texto. Em seguida, cruza os braços e extermina]:

– E ponto final.

[Pausa – breve porém quase definitiva: sem ar nem movimento].

[Aparentemente finalizado, vira – sem pressa – a cadeira de costas para a plateia, sentando-se nela de costas para o seu público. Contempla – bem na sua frente – o fim ainda ausente. E, talvez transcendente, concretiza o nada]:

– Não há mais nada. Nem nada a mais... Não sou criador – só recriador. Sou o filho dessa espera: ... esse nada: ... o tempo nos ressignificando... Enquanto houver tempo.

[Permanece completamente imóvel por alguns instantes.

Do nada, ouve-se o tique-taque do relógio crescendo rapidamente – como uma aceleração do início desta peça. O homem, sempre sentado, tapa a visão do relógio com a mão direita, inclinando levemente a cabeça para o lado esquerdo. De repente, aos poucos insinua o começo – ou o recomeço – de um movimento: três vezes esboça um gesto, pela sua esquerda, em direção à plateia; na quarta vez, enfim, o realiza – virando-se para aquele público que talvez não seja mais seu... Chorando por dentro, sangra por fora]:

– Por favor, não apaguem a luz!

[Imediatamente as luzes são apagadas e o tique-taque cessa – indiferentes e pontuais: finais].

Emulação

"Tenho o ideal de um romance que [...] tivesse deixado de ser um gênero para se tornar um espaço."

José Saramago

Parte 1: Em

“..
....
....
....
....
....
....
....
....
....
....
....
....
....
....
....
....
....
....
....
....
....
....
....
....
....
....
....
....”

(“Memórias Póstumas de Brás Cubas”, capítulo 139, Machado de Assis)

Capítulo 1

"Imolação":

Capítulo 2

seria o primeiro título...

Capítulo 3

neste breve relato que será o meu primeiro livro.

Capítulo 4

Não sabia – nem sei – como começá-lo... Mas justificarei a minha existência se conseguir terminá-lo.

Capítulo 5

(Poderei assim afirmar – não sem um certo orgulho quase sobre-humano – que consegui sobreviver estes tempos definitivos, finitos... mesmo se não sobrarem mais leitores vivos).

Capítulo 6

Se a primeira versão deste relato principiava como um protocolo oficial, esta segunda talvez se aproxime do que os literatos classificariam de novela: alguma coisa maior do que um conto e menor do que um romance...

Capítulo 7

... Onde a maior parte da ação se concentraria no final. Este livro, entretanto, provavelmente não preencherá nenhuma dessas duas condições: sem os incontáveis espaços em branco se reduziria a um conto; e o ponto culminante da sua ação (como, aliás, em qualquer outra ação) será justamente o seu fim.

Capítulo 8

Além disso, decidi repetir em determinadas passagens alguns trechos da primeira versão – para que o leitor compreenda porque esta segunda foi tão necessária. Espero, assim, que ela possa ser considerada definitiva – mesmo sem saber como (e se) irei terminá-la: o nosso tempo nunca foi tão breve quanto agora... Em todo caso, a falta de acabamento seria compreensível no primeiro livro de um principiante.

Capítulo 9

Talvez seja melhor recomeçar. Mas, desta vez, parafraseando propositalmente a versão anterior – onde logo de início explicava por que não me considero o único autor deste livro...

Esta obra surgiu de uma encomenda oficial: um instituto internacional de pesquisa me encarregou de descrever, com a maior precisão possível, o que aconteceu numa determinada casa numa importante cidade do nosso país nos últimos três meses. A única condição imposta foi a cuidadosa omissão dos nomes das pessoas, dos lugares – e do instituto.

Capítulo 10

Os dados a que tive acesso logo se revelaram tão precisos e acurados que rapidamente o texto ficou pronto. O Instituto comparou- o com os outros vinte e nove relatos semelhantes, encomendados aos mais diversos autores, e decidiu que o meu era o mais completo de todos – merecendo, portanto, a prometida publicação. O parecer oficial ("exímia descrição de um exemplo prático e concreto de superação humana em uma época que necessita de esperança") criou tal expectativa em torno do meu livro que eu – por livre e espontânea vontade – decidi revisá-lo. Orgulhoso, reli atentamente esta obra até torná-la minha.

Capítulo 11

Ineficaz, logo fui forçado a admitir um evidente engano: aquelas corretas séries de palavras, obedientemente organizadas por mim em forma de protocolo, não mereciam tamanho louvor oficial. Decidi reescrevê-las. E, tentando recomeçar, reconheci que era fundamental – antes mesmo de escrever a primeira letra do livro – identificar onde estaria o seu erro. Uma tarefa surpreendentemente nova para mim: até aquele dado momento as pessoas me cobravam precisão – e não reflexão; mas de que outra forma poderia adivinhar, num texto tão propositalmente fiel aos fatos, onde se esconderia a sua ineficácia? Talvez procurando a origem do erro ao invés do lugar onde ele se encontra... buscando o que no lugar de como...

Entre a precisão e a reflexão encontrava-se a ficção.

Capítulo 12

Essa nova possibilidade (ou uma antiga informação reprocessada?) surgiu de um lugar desconhecido. (Mesmo hoje, acessando todos os meus arquivos agora completos, não conseguiria descrever com precisão a sua origem). Entretanto, apesar desta imprecisão (ou justamente por causa dela?), de repente eu me encontrava lá. E esse lá também estava ali – e era aqui. Simultaneamente. Em outras palavras: era mais em do que para... Ou seja: em me aproximando da ficção para tornar as minhas palavras mais reais, me descobri dentro desse novo espaço: ilimitado e inacabado... irracional mas irrefutável. Irreversível. Logo eu, que sempre trabalhei de uma forma unicamente racional, que nunca havia me dedicado a nenhuma experiência literária... passei a escrever – insistentemente – "eu".

Nesses nossos tempos limitados, acabados, foi a única forma que encontrei de retrabalhar a minha dúvida: buscar uma possibilidade desconhecida para que este texto cumprisse a sua função originária.

Capítulo 13

A forma inicial logo se demonstrou precária: a primeira versão me pareceu insuficiente justamente pelo seu excesso: paradoxalmente, tudo se encontrava ali – menos o essencial. Aquela enorme quantidade de palavras não possibilitava uma abertura de espaços por onde o leitor pudesse entrar no texto... e eu, mesmo não sendo um escritor profissional, rapidamente vi essa ausência com total clareza. Sendo assim, comecei a procurar em todos os meus arquivos por algum modelo literário que pudesse me orientar nesse novo espaço. Mas o meu acervo ficcional nunca foi (e possivelmente nunca será) vasto, de modo que decidi expandir a minha busca a outros tempos... Apesar de não possuir nenhuma formação literária, senti (e talvez esteja utilizando esta palavra cedo demais) que o único ser humano realmente capaz de me ajudar é Machado de Assis.

Porém, na pressa de recomeçar e finalizar o meu livro possivelmente novo, só consegui terminar a leitura das suas "Memórias Póstumas de Brás Cubas" – que, aliás, muito me auxiliaram... (talvez por descreverem a ausência tão insistentemente).

Capítulo 14

Lembro-me claramente do inesquecível sentimento de vitalidade que acompanha a leitura dessas memórias! O autor, ao negar qualquer desenvolvimento narrativo, torna a repetida ausência – a cada novo capítulo, a cada nova página – mais explícita, mais visível... mantendo o seu espaço permanentemente aberto a tudo e todos – até mesmo ao branco da folha de papel, que emoldura cada página, se encontrando entre cada palavra e cada letra. (No final do livro, o leitor consciente se descobrirá um cúmplice: não saberá ao certo se há ou não uma distinção entre o espaço que lhe foi oferecido e o vazio presente no branco do papel).

Pois o autor, ao descrever diferentes formas de ausência, torna vivo o espaço onde elas se manifestam – ressuscitando nos seus leitores a consciência desse espaço. A formatação dessas formações, por sua vez, é a própria representação desse espaço – de onde a obra (como toda e qualquer obra que tenha sobrevivido ao seu tempo) surgiu.

A ausência duma ação significativa (ou do seu significado) é espacializada em forma de livro. Brás Cubas, ao morrer, nos conscientiza para essa ausência; Machado de Assis, vivo na nossa leitura, revivencia em nós a celebração desse espaço.

Assim seja...

Capítulo 15

... Que a ausência, a falta, me orientem nas próximas páginas – mantendo esse espaço sempre novo e vasto!

Pois as faltas também podem possibilitar uma outra forma de liberdade. Sem nomes, os lugares tornam-se ilimitados, universais; e os seres humanos, apesar de de repente mais próximos do leitor, se encontrarão agora sãos e salvos da realidade – estarão protegidos de qualquer ameaça futura na condição de meros personagens. Serão eternos porque não são ninguém – ou são todos nós. O anonimato lhes oferece uma promessa de permanência, nos faz esquecer que todas as pessoas de carne e osso atualmente são – ou serão – vítimas do nosso espaço desumano no nosso tempo homicida. (Mas continuemos sem análises políticas... prosseguindo e nos locomovendo dentro do espaço limitado que me – ou nos – foi permitido: sem nomenclaturas geográficas, pessoais ou sociais... Façamos da censura um novo espaço!).

Transformando-a numa libertação. Elevando ao quadrado a sua potência: abdicando de toda e qualquer ação desnecessária; neutralizando as ameaças dramatúrgicas que talvez pudessem formar um futuro enredo; celebrando a provisória falta de resposta para a única pergunta essencial:

– O que mereceria ser contado da vida de um ser humano, se excluíssemos dela todos os atos inconscientes, os fatos involuntários e as ações impessoais?... O que sobraria dessa vida se lhe retirássemos as diversas manifestações da morte?... Que utopia poderia nos sobreviver nesta atual distopia?

Capítulo 16

Enquanto esta pergunta estiver viva, haverá espaço. (Mas talvez quanto maior o espaço, maior a dúvida) ...

Este será o desafio: recontar tudo o que ocorreu sem matar todas as possibilidades de uma consciência espacial. Optando pela percepção no lugar da ação. Geografizando os fatos. (Tal descrição omitiria conscientemente – cientificamente – as ações exteriores à casa... O que acontecer lá fora não caberá no nosso livro. A casa é o nosso universo).

Escrevo nosso com muita certeza: sei que o leitor sabe tão bem quanto eu o quão distópica a nossa atual realidade insiste em se apresentar; consequentemente, o que eu não descrever estará presente nas nossas memórias excessivamente reais.

Este é o desafio: descrever fielmente esses acontecimentos caseiros sem se contagiar pelas finitudes que nos circunscrevem – e, ao mesmo tempo, sem perder a esperança de que eles talvez contenham uma pequena amostra duma utopia universal. Pois se nós acreditarmos que o que aqui será narrado é possível – sem exigir a inegável presença dos ferimentos do cotidiano – estaremos abrindo um espaço para uma utopia consciente.

Este deveria ser o desafio: escrever com a coragem de não deformar as ocorrências pelo excesso de imaginação – de não transformar os personagens em mentiras póstumas. Escrever crendo na possibilidade de um novo espaço... já durante o próprio ato da escrita.

Talvez haja uma intersecção entre o espaço de onde esta obra surge e o espaço que ela cria, representa e projeta no tempo... Enquanto houver a possibilidade desta comunhão, a obra estará viva.

Entre o espaço e a dúvida encontrei a poesia.

Capítulo 17

Mesmo que ainda não possa defini-la. Pois neste momento não seria capaz de dizer o que ela é – mas somente o que não é. A minha percepção espacial ainda não abrange uma consciência poética...

Agora sei que a primeira versão deste livro recusava – conscientemente ou não – qualquer tentativa de se aproximar da poesia; também sinto que esta segunda versão procurava – ao menos até aqui – alguma alternativa desconhecida direcionada à ficção; entretanto pressinto que – a partir de agora – haverá a possibilidade de se abrirem novos espaços onde alguma poesia talvez possa nascer...

Uma primeira possibilidade seria começar a minha descrição delimitando o seu local: transformando-o em espaço.

Poderia iniciá-la com uma visão panorâmica: escrevendo que, vista de cima, a área que nos interessa se apresenta incrivelmente familiar – embora não haja nenhuma família por lá há algum tempo (já que todo o local foi interditado por se encontrar numa zona de alto risco). Tudo o que se vê são as diversas casas do condomínio – praticamente idênticas nas suas vãs tentativas de organizar o espaço de uma forma individual – completamente vazias, salvo uma única exceção: uma pequena moradia de dois andares onde se encontra um escritor que provavelmente será o meu personagem principal.

(Todo esse espaço supracitado se transformou numa última reserva destinada àqueles que não sabem compactuar com o Estado: não podem ou não são capazes de contribuir para a atual luta que ainda pretende – em vão – salvar o que restou da nossa precária realidade).

Sendo o único habitante neste vasto condomínio desabitado, o escritor se encontra conscientemente sozinho: mesmo pressentindo que ali o fim da sua existência está mais próximo a cada instante, optou por permanecer só em uma casa que não é nem nunca será a sua.

Capítulo 18

Nada disso, contudo, parece adquirir uma forma ou importância definitiva: afinal, ele está cego.

(Eu não. Vejo com clareza a ineficácia do meu texto durante a sua formação; talvez observando a origem do seu fracasso antes que a obra inteira morra por completo. Neste último capítulo, provavelmente, ela poderia ser localizada na excessiva presença da primeira pessoa do singular, ou dos seus respectivos pronomes possessivos. A próxima possibilidade, portanto, seria retornar desse eu a algum nós... voltando do e a em... Eu poderia continuar... escrevendo poderíamos).

Poderíamos tentar abrir espaço para uma visão interior: entrando dentro da casa descrita. Observando o que acontece por lá até que esse lá se torne um ali (e – com o passar do tempo – talvez um aqui). Tornando a solidão desse escritor menos solitária... Identificando nessas ausências uma breve presença – rara porém regular: uma vez por semana o Estado lhe envia uma assistente social para ajudá-lo a estar só permanecendo lá. (Afinal, até os possíveis desertores merecem um fim aparentemente natural ou pretensamente involuntário).

As primeiras visitas foram sem dúvida impessoais: questionários oficiais; comunicados protocolares; auxílios estatais. Aos poucos, porém, ela começou a sentir uma casa naquele imóvel abandonado ao acaso... familiar, tentou ressuscitar um lar naquele lá destinado ao ocaso: personalizando, através de realizações praticamente invisíveis, aquele espaço edificado: ordenando alfabeticamente os livros nas prateleiras das estantes, regando as plantas e as flores no pequeno jardim, limpando a antiga máquina de café.

Antes que os resultados dessas ações se tornassem visíveis, já se perceberam modificações aparentemente despretensiosas dentro do nosso espaço: ela passou a visitá-lo com mais frequência, ele viu na ritualização da sua presença uma possibilidade nova – uma descrição viva da realidade que o circunda.

Mas antes que ela comece a narrar, precisamos recomeçar:

Esses espaços que aqui construímos nasceram mortos: não contêm tempo, só uma omissão dos fatos... Falta agora uma emissão permeada de espaços...

Entre um recomeço e uma continuação, encontremos a poesia:

Parte 2: um lá

"*O espaço está dentro de nós.*"
Le Corbusier

Capítulo 1

Capítulo 2

Capítulo 3

Capítulo 4

Ele : Ela

Capítulo 5

Lá – ali – aqui

Capítulo 6

Se ela narra há lar

Capítulo 7

Se ele a escuta o espaço é possível

Capítulo 8

(Aqui se inicia o L que faltava no final duma casa agora completa)

Capítulo 9

Plena do desejo dele de reapreender o universo declamado por ela, ela se descobre musa sem saber quem será o poeta

Capítulo 10

Repleta por essa voz íntima mas externa, a casa propaga seu timbre de contralto em vibrações sonoras que tocam os ouvidos dele e retocam a intensidade da próxima fala dela: vivencia-se o espaço

Capítulo 11

Espacializado no fluxo dessa voz soante, ele habita esta ausência temporal com a sua falta de utopias e distopias, se extemporalizando no desejo agora preenchido de ver a sua própria realidade através dos olhos dela: nessa promiscuidade de sujeitos e pronomes há um intervalo de tempo em que ninguém sabe quem é quem – só elela

Capítulo 12

Lá fora e lá dentro tornam-se o mesmo lugar que é este aqui onde se narra e se escuta ao mesmo tempo: ouve-se uma vasta descrição do todo que ali se vê com a intenção de que assim se torne tudo neste aqui que está abrindo e indeterminando os seus sujeitos em direção a uma nova manifestação da palavra – se perdendo e se reencontrando no curso da oralidade dum discurso pleno e incompleto, breve e interminável, sempre à procura da sua própria definição num único termo: grato

Capítulo 13

(Mas antes de se entrar nesse lá, preservemos o nosso aqui: primeiro a escuta, depois a narração; primeiro a ausência... depois a descrição. Entre isto tudo, o espaço servindo de ar – por onde o todo se propaga e, nos inspirando ao ser inspirado, se transforma no alento perpétuo do nosso fôlego. Talvez desnecessário, este excurso serve, por sua vez, para que não se entre com pressa nesse novo local; a digressão propõe uma desaceleração espontânea, oferece uma possibilidade de vivenciamento da falta de direção – tão necessária à apreciação consciente de qualquer espaço... Para tanto, se serve de divagações, repetições – servindo aqui como um bom exemplo de epigonismo machadiano. A sua pontuação, contudo... pode vir a ser o abraço gráfico duma mãe guardando este espaço só para nós... ou dum pai arquiteto que repete o que Le Corbusier escreveu:

– "O espaço está dentro de nós")

Capítulo 14

De dentro da pequena varanda do segundo andar – pairando sozinha em cima do jardim – ela testemunha os fundos da casa e o recomeço do resto do mundo

Lá de fora, sua voz de contralto afirma – com toda a nitidez – que para além desta casa esse mundo continua a existir

Vasto e corajoso, o mundo definitivo e exterior exibe – firme, sutil, exuberante – a constante repetição de todos os seus ciclos

Por um momento ausente, ela se pergunta se seria capaz de apreender tamanha eclosão de tantos significantes: essas variações simultâneas e ininterruptas que parecem estar diferenciando a entidade de cada ciclo, até – novamente presente – se descobrir uma parte integrante dele

Quase fora do mundo, deitado no sofá do escritório em frente à varanda, ele a escuta – e aprecia a sua hesitação quase extemporânea: nessa pausa imprevista ouve-se um silêncio que pouco a pouco amplifica os ruídos ou sons do ambiente que os cerca – até que possam ser percebidos como uma promessa de música

Mundana, ela continua a falar: reintegrando com cautela os seus fonemas nas sonoridades à sua volta, como uma cantora solista que – durante toda a sua ária – não deixa de ouvir, por um instante sequer, a riqueza tímbrica da orquestra

Próximo, ele se entrega incondicionalmente ao fluxo de palavras que ilustram o ar: com a volúpia de um cego que de repente crê – sem explicação – na possibilidade de recuperar a visão

Capítulo 15

De costas para toda paisagem externa, ele decide ver – bem ali em frente, no seu nada particular – tudo o que ela aqui decidir narrar

Ela prossegue a sua fala sem começo nem fim. Retrógrada, recomeça a sua descrição, que desde agora não é mais só sua

Sua voz soa menos restrita: instintiva, decorre de timbres exteriores conscientemente internalizados

Descreve como quem escreve

No começo – naturalmente redundante – ilumina a luz: enaltece a sua generosa solaridade, o seu calor estelar – amortecido por uma incomensurável distância cósmica, mas ainda presente nas localidades descobertas da pele... cujos poros se abrem como células vegetais com sede de vida

Aquecida, eriçada, descobre um baile microscópico na dança das raras partículas de poeira se irradiando pelo ar... Ascendendo nessas mornas diagonais descendentes, o seu olhar se ergue em direção à fonte de luz global, excessiva: inatingível na sua claridade demasiada, que viaja pelo tempo veloz para expor diariamente o seu passado no nosso presente

Com a cabeça virada para cima, retém o céu. Não as poucas nuvens esparsas, que lentamente se formam e desformam numa brancura às vezes acinzentada – mas o azul amplo, profundo: entre, atrás, acima e em volta delas – e de todos nós. (Sem saber exatamente de onde surgiu esta metáfora, compara a gigantesca imagem composta só por esta cor a um único vitral imaginário, que pouco a pouco vai mudando de textura de acordo com a posição do sol instável). Adentra esta cor até que ela pulse como um coração remoto, penetrando-a como se fosse um mosaico caleidoscópico de um só azul em diferentes intensidades – vendo naquela aparente uniformidade a unanimidade de minúsculas partículas num movimento caótico mas constante. Azula-se – para fazer parte deste oceano latente que (mesmo se porventura invisível) comporta o mundo, suporta o planeta e reconforta o observador. O qual, ao ser dispersado por um súbito risco branco à direita ou à esquerda, prefere baixar os olhos para não ver o avião correspondente – antes que o seu frágil ritual se estilhace

Irreal ou maternal, ela omite a quase total ausência do tráfego aéreo por enxergá-la como uma representação do abandono a que foram submetidos: permanece solitária na dignidade do seu silêncio – sem perceber que ele está ouvindo com nitidez a ameaça deste espaço em branco

Capítulo 16

Os sons dos pássaros pelo ar deslocam a sua atenção rumo às movimentações da vida terrestre; sem pressa, ela ainda prorroga a inércia do seu azul seguindo os trajetos desses voos que unem a terra ao céu

Imanente, classifica essas novas sonoridades como um bater ou adejar de asas seguidos de piados breves ou longos – e, no meio desta frase já quase automatizada, se surpreende – agora transcendente – com a extrema limitação do seu (e de qualquer outro) vocabulário

Quase teimosas, as aves parecem lhe descrever, com os seus gestos aéreos sempre diferenciados mas nunca inteiramente diferentes, como os caminhos – sejam eles terrestres, aéreos ou marítimos – se configuram menos definitivos do que pressupomos

Indefinindo-se nessas piruetas aéreas, experimenta um prazer inusitado nesses percursos que – para um animal inconsciente ou um ser humano neófito – não possuem meta, não fazem sentido e portanto se encontram livres

Liberta-se das expressões verbais preestabelecidas recitando palavras isoladas, como se cada termo existisse por si só, fora duma séria ordenadora: evocando a singularidade de cada coisa ou fato – fazendo de cada coisa um fato e coisificando cada fato em uma nova coisa... como se houvesse um outro mundo – assistemático – a ser descoberto além da sintaxe

Fora de si e das suas ansiedades, fica esperando as palavras brotarem quando elas surgirem, virem e se moverem... como se a mais radical de todas as revoluções fosse esperar – até que esses termos colhidos ou escolhidos formem um eito... (ou um bando)

Pousa os olhos na copa da árvore na sua frente e distingue cada folha como uma mônada dentro da coletividade: os diversos matizes do verde abraçando os marrons esparsos das folhas secas, sem qualquer distinção entre vida e morte, começo ou fim – globais na sua generosa integração de tantas extremidades pontiagudas numa só redoma

Dentro desta abóbada verdejante supõe os galhos sinuosos se ramificando feito um eixo implícito que sustenta aquela leveza quase celestial... Talvez delirante, propõe a árvore como o projeto de um gesto natural em direção ao sol, lento demais para ser percebido por nós como um movimento contínuo

O ar desliza pelo espaço – perpassando por galhos e folhas, caule e copa, árvore e mulher: a folhagem, se ondulando, torna o invisível visível – e ela, respirando no fundo do seu tronco móvel, sente no cheiro da seiva daquela árvore que ela agora a inspira... E continua

(Airada, elogia o perfume arbóreo da presente pausa)

Uma folha cai, talvez seca; ela acompanha a sua descida caótica porém vagarosa, aterrissando pontualmente em um ponto qualquer – mais distante da sua raiz do que qualquer jardineiro previsse, mais perto da própria sombra do que qualquer observador imaginasse – encontrando sossego num chão estável, talvez macio, mais cedo ou mais tarde verde

Comenta que em breve será necessário cortar a grama. Mas esta praticidade súbita soa ao seu ouvinte (e agora coautor) mais como uma dedicação natural ou um cuidado quase humanista – não a impedindo de logo em seguida realçar a enorme multiplicidade de cores que as flores, orgulhosas, exibem

(O estudo atento do verdejar preparou os seus olhos para essa solução floral)

Numa colagem instantânea de todas as pétalas visíveis da varanda, recompõe um arco-íris caleidoscópico que ainda não apareceu neste céu

... Enquanto, além da casa, vem despontando uma coisa qualquer – que ao se mexer atrás dum arbusto merece ser chamada de animal; que ao aparecer em seguida, atrás da casa, amplia e anima o seu campo de visão; que ao descobrir um espaço aberto na cerca entra no jardim e flagra felinamente a grama e as flores em pleno crescimento; que ao ser batizada de gato olha-a com uma generosidade tão gratificante que merecerá ser evocada como quem

Capítulo 17

Olhos nos olhos, quem é quem? Pisca

O animal desaparece pelo chão esverdeado

No final do céu ainda azul a lua aparece, anunciando que também este dia logo chegará ao seu fim

Próximo a um ponto do horizonte ainda não verbalizado, o sol – talvez tímido – começa a verticalizar um processo permanente e infindável, ritmizando as frágeis expectativas humanas, consolando o nosso medo quase infantil da ausência de luz, da finitude sem finalidade

Ela fecha sem remorso a porta envidraçada da varanda – como quem diz "adeus" pressupondo que o ouvinte entenderá "até logo". Ele permanece acordado de olhos fechados – embalado pela sonoridade ao seu redor no mesmo sofá inerte. Fechado em si mesmo, o interior da casa se abre – com a chegada da noite hospitaleira – a novas possibilidades de leitura. Notívaga, ela gosta de ler em voz alta

O cômodo onde se encontram se descreve. Ela acende a luz para admirar como um escritório tão impessoal – agora finalmente sem função – torna-se, a cada momento, mais e mais íntimo ao seu olhar esverdeado. Desta perspectiva – desprendidos de qualquer finalidade prática – os móveis, objetos e aparelhos presentes esculpem no espaço uma mensagem mais poderosa do que qualquer tentativa de se decodificá-la

Ela contempla-os a olho nu, descrevendo cada um desses entes imóveis com aquela dignidade que só está presente no olhar dum gato... (Ou dum felino)?

A escrivaninha retangular conduz o olhar redondo ao sofá talvez cama; onde o corpo dele horizontalizado aponta com indiferença para a televisão desligada. Donde os seus olhos começam o longo retorno rumo à janela, passando com vagar por cada prateleira da estante que – sólida – insiste em tentar salvar tantos elementos da entropia onipresente numa exposição organizada pelo acaso. Onde cada peça exibe o tempo que contém nos contando a história que testemunhou – individualizando-se no espaço... Até percebemos, de repente, que aquele quadro ao fundo – quase despercebido atrás da televisão – é obra de uma criança

De volta à janela escurecida, os dois olhos fecham o círculo se defrontando – no topo da escrivaninha – com o olho único do computador. Sem nunca piscar – e quase sempre apagado – a cada dia que passa torna-se mais inofensivo... Em breve não valerá mais do que um lápis. Os seus olhos preferem terminar o ciclo se fixando na televisão que, mesmo apagada, consegue refletir o corpo masculino deitado, o feminino em pé e a luz artificial – acesa acima de tudo – nos proporcionando uma visão em conjunto como esta

Extasiada com as visões, declamações ou escutas, ela parte para a sinestesia: com o desejo (ou necessidade) de narrar outros espaços, chega perto do corpo dele e segura na mão cálida do seu público. Que – reagindo à surpresa desse toque – se levanta e se entrega a qualquer percurso que ela escolher... Juntos, saem do escritório para redescobrir o mundo no resto da casa

Ousada, ela vai diretamente ao porão – talvez para testar a estabilidade do êxtase. Lá, acende a luz fria e o senta – estático – num banco fragilizado pelo tempo, disposta a contemplar ou descrever o que aquele espaço quase vazio puder lhes expor. Mas é o ar surpreendentemente fresco que, na sua temperatura amena, a convida a procurar – feito uma criança – onde estaria a janelinha nesse depósito subterrâneo sem nenhuma função atual. Se alguns passos sem direção premeditada logo solucionam a questão, em seguida propõem uma lacuna no sentido contrário: um basculante entreaberto deixa entrar a fragrância da flora exterior e sugere, daquela perspectiva elevada e abrangente, que se olhe com um novo respeito para o chão maltratado pelos nossos pés. Ela incorpora esta distância e – altiva como uma árvore – medita sobre o solo no subsolo. Ali, o que ela vê e ele escuta é uma espacialização de ausências: sulcos ferindo o chão;

arranhões rasgando as paredes; rastros de ferrugem borrifando de sangue a passagem; nacos de madeira denunciando que os móveis foram evacuados com pressa, à força e talvez aos pedaços... embaixo da escada, afinal, jaz um machado. E ao redor dele, dela e deles, essa pergunta jamais proferida e sempre presente – insinuando que todo esse desaparecimento deixou ali uma memória, uma herança ou uma lepra

– Ou tudo isso junto... – interfere ele

E ela escuta: se surpreendendo que ele a tenha escutado – e ela, de fato, falado

– ... num mesmo lugar – ele completa

... e que ouvi-lo a tenha ajudado

Ela se volta ao chão com passos que são gestos – e o ajuda a se levantar. Pela escada sem corrimão, retornam à superfície próxima. E fecha-se a porta do porão com uma inusitada prudência que desconhece o desespero

O andar térreo se abre num só aposento – se oferecendo numa mescla de cozinha, salas de jantar e estar. Sem separações entre cada cômodo, conduz a luz – durante o dia – da janela da cozinha até a enorme porta de vidro que anuncia o jardim e as suas expansões; durante a noite, porém, demonstra que a ausência de luz pode unificar espaços e seres humanos num mesmo lugar. Sempre superará o porão – sem jamais condená-lo ao esquecimento: a porta de conexão com o subsolo se mantém dia e noite entreaberta

Se num primeiro momento a profusão de objetos seduz o seu olhar, após alguns instantes os olhos se acostumam ao excesso de mesas, cadeiras, armários, luzes, tapetes, sofás e outros enfeites – e acabam repousando na máquina de café – talvez por se tratar da única peça única num espaço obliterado por tantos utensílios. Insaciáveis, logo procuram – insatisfeitos – outras janelas para outros espaços: os quadros pelas paredes... Cujas representações artificiais de espaços fictícios não são capazes de evitar o inevitável desaparecimento deste. Por isso, preferem ir adiante e contemplar os desaparecidos: retratos de familiares e amigos – erguidos sobre uma ampla mesa – que ela jamais conhecerá e agora lhe causam uma saudade estranhamente sua

Além das fotos, a sua mão esbarra numa planta – quase seca. Naturalmente magnânima, providencia a água que talvez salve a vida dum ser vivo esquecido

Capítulo 18

Tocando de leve num ombro dela, a mão dele a relembra que ele ainda existe

Imersa num discurso íntimo de gestos ínfimos, ela pisca os olhos umedecidos. E fecha-os antes que alguma gota brote e talvez escorra. Como se esta água retida fosse particular demais para ser derramada ali – vertida num chão que não lhe pertence, onde ainda não pôde criar raízes... Com firmeza, segura naquela mão firme até se sentir segura

Imersos nesse excurso não verbal a dois, dirigem-se à escada – como que de comum acordo – para convertê-la numa via de mão única Os degraus repetitivos os retornam emudecidos ao nível superior, onde o rápido corredor lhes palpita 3 possibilidades: a reescritura do escritório, a acústica reverberante dos ladrilhos no banheiro, o quarto de dormir ainda virgem... Unânimes, entram no quarto em frente para se manterem acordados na redescoberta dos espaços externos e internos (a omissão do banheiro que seja posteriormente evocada como desvio do desejo)

Lá dentro, as faces das paredes se revelam encobertas por um excesso de livros agora inúteis: por que contemplar essa coleção de fotografias abstratas em preto de branco quando se pode ver a cor da realidade que as criou e recria?

Cercada por essa biblioteca periférica – no meio desse mundo enfileirado em ordem alfabética – a cama central magnetiza os olhares iletrados em busca duma nova geografia

... duma cartografia menos binária – mais aquática que terrestre:
... em que o onde se tornasse uma onda onde voltássemos a nos sentir átomos

... em que os tomos tornam-se torsos – tortos, uns em volta dos outros
... onde se retorcerá o princípio-meio-e-fim que constrói a causalidade
(No acaso da casa, o caso dum casal numa cama sem ocaso)
Elela

Ondulando o espaço

Tentando aqui descobrir se estes olhos estão úmidos, esverdeados ou mudando de cor

Descobrindo líquidos e liquefações em poros, reentrâncias, superfícies, saliências, protuberâncias, encostas, vales, cavidades, cavernas, moitas, penugens, relvas – até finalmente encontrar a fonte original: a nascente telúrica donde brota a umidade que nos unge... O restante são sons e movimentos que se procuram, se esbarram, se acham, se tocam, se retocam, se confundem e se celebram: paisagens e paisagistas se fundindo numa horizontalidade que só se adulterará com o surgimento dum novo dia

Tocando de leve nos dois corpos resumidos em um, alguns raios de sol os relembram que esse novo dia já existe

Ao abrir a janela do quarto de dormir – para permitir que o ar fresco circule livremente por dentro da casa – ela observa as novas cores deste novo novo: as folhas já se avermelhando, ou se amarelando – em breve secando, despencando – não a condenam a se defrontar com a inexorável proximidade do seu próximo fim, mas propõem uma sedutora diversidade pictórica numa palheta basicamente verde; o trânsito dessas tonalidades não a conduz a pensar na transitoriedade do tempo, mas a despertar para esta momentaneidade atemporal que agora se manifesta... Observando-se, se observa

Ali, nesse visionário entanto, vê-se tanto – mais, demais, ademais... até a mais implausível das possibilidades: ele observando-a observando o todo além da janela sem o observar

Ela sai deste momento ao compreendê-lo como instante... Este gesto intelectual, porém, leva-a a um outro momento ainda mais vasto – onde ao invés de perder tempo procurando respostas lógicas para essa estranha ausência de medo, prefere utilizar o pouco tempo de que dispomos para fazer algo de útil

Deixa, com naturalidade, as cores externas para se dedicar à organização do espaço pertencente ao outro – no caso presente: ele, que já está se levantando e, com uma destreza cega porém decidida, a ajuda a fazer a cama morna e vazia que os uniu por uma noite

Com fome, abandonam a janela aberta e os livros fechados em direção à cozinha. Lá, sentam-se à mesa familiar para dar início à breve refeição que inaugura mais um dia: pão torrado com manteiga e mel; leite morno com café bem quente. Tudo sem nenhuma preparação ou operação especial. Especialmente real, só a invisibilidade espacial: o aroma do café fresco se conjuminando no espaço com o ar recém-chegado lá de fora, que vem descendo a escada em silêncio com extrema discrição... (Portanto, não convém falar agora)

... Basta que de vez em quando as mãos se retoquem e talvez se reconheçam como ímãs ou irmãs nas mãos vizinhas... O resto não precisa ser dito: ali já se pressentem os movimentos nascendo do momento... Suas ações serão emanações

Sãos, saciados, se erguem em direção à pia ampla, que os recebe – doméstica – à espera de água, louça e mãos. Ela enxágua com sabão líquido os pratos, facas, colheres, xícaras e pires; ele os enxuga com uma toalha de mão: em velocidades distintas, mas com a mesma visibilidade interna – como se estivessem banhando ali prolongamentos dos seus próprios corpos

Ela recolhe a louça morna e a repousa dentro do armário, na sala de jantar. Maternal, fecha a porta do móvel de madeira sem que ele precise ranger: as pontas dos seus dedos interagem com o ar e devolvem o resto de calor ao meio ambiente, um frescor metálico vindo da maçaneta atinge a sua mão em quase perfeita homeostase

Voltando à cozinha, repara – no meio do trajeto – na virilidade exibida pela planta quase morta ontem à noite, que agora toda eriçada – quase fálica – parece querer perfurar a janela em direção ao quintal fértil

(Nasce aqui uma nova concepção da ação: a consciência de que a momentânea execução duma série de gestos cotidianos oferece uma abertura a uma possibilidade de elação – uma janela para uma outra espacialidade, onde o espaço atualiza e determina os atos antes das nossas vontades sofrerem uma verbalização)

A série vai se continuando e se completando sem nenhum pronome desnecessário: o jardim é reesverdeado pela água regada, a cama restaurada por uma coreografia ensaiada, a janela silenciada por um gesto definitivo; o almoço esculpido por mãos artesanais, os caminhos expandidos por pés rurais, o café sorvido por lábios epicuristas; a casa ressignificada por uma dedicação salubre, a sopa sensibilizada por línguas hedonistas, o banho consagrado pelo ciclo da água; os corpos adorados pelo desejo de alteridade, o espaço celebrado pela presença alheia, o ar revitalizado por todos os seres (ainda) vivos

Deitados lado a lado neste espaço suspenso – contemplando da cama a generosidade dum céu branco – compartilham das suas próprias consciências se conscientizando. Olhando para o teto, apreciam a brancura desta nova espacialidade: sentem a gratidão de estarem vivenciando uma outra possibilidade de estar – mesmo sem compreenderem como ela realmente é, onde se encontra ou quando surgiu. Pressentem que ali, enquanto esse espaço permanecer em branco, esta possibilidade será a sua maior realidade... E que lá, a justificação dessa realidade jamais ocupará um lugar central: basta que elela esteja presente num dos cômodos (mesmo que inaudível ou invisível) e a casa se manifestará plena, sólida – disposta a nos proteger da onipresença da nossa morte

Neste lá que está aqui, elela agora compartilha duma ágora no seu próprio leito. Nessa assembleia quase particular, fala-se com a única intenção de se expandir o agora ao outro – as palavras ditas e ouvidas propõem mais espacialidades do que meros significados. Confabula-se. Indaga-se, por exemplo, se o dia de hoje – na sua espacialidade tão universal – não mereceria cunhar um novo vocábulo que celebrasse o nascimento ou a existência duma ação sã: a possibilidade de sermos a consciência da ação durante a sua execução: espaço e tempo numa só palavra... "çã"!... Ou se o termo "elela" talvez significasse uma palavra a menos numa hipotética série de Fibonacci

(Ou se agora, enfim, quando o espaço está se voltando a si mesmo – ameaçando se tornar tautológico – não seria a hora de mudarmos de lugar, buscando uma outra perspectiva por onde se continuar esta narrativa... Antes que o excesso de pronomes demonstrativos nos convença de que eles estariam mais próximos da poesia pelo simples fato de não serem mais possessivos – mesmo após o uso generoso da primeira pessoa do plural ter aparentemente superado a esterilidade do seu passado no singular

Abandonemos as progressões matemáticas, ignoremos a lógica serial, entremos lá adentro de elela. Dele e dela. Dentro da conjunção, do espaço onde a interação entre os dois tem lugar. Nos dediquemos mais a esta álgebra do que a qualquer outra aritmética; que a + b seja a nossa solução – ao invés da solidão de uma narrativa que só pertenceria a ele ou ela

Pluralizemos as fontes e as suas emissões: se a for a gravação pessoal de um dos dois, que b seja o respectivo trecho do diário do outro. E, sobretudo, que entre a e b não haja nenhuma deformação ou despersonalização arquitetada por nós, que este espaço intacto possa ser preenchido por um leitor que lá se reencontre

Reencontrados, reencontremos agora – reespacializados – a originalidade da versão inicial desta obra: citemos o que eles disseram ou escreveram como se estivéssemos recitando-os; generosos, ofereçamos nosso espaço restante a estes dois seres humanos)

Neste instante comum, ele abre uma gaveta, pega os seus óculos, levanta o lençol azul claro e contempla o corpo dela nu e total – como se estivesse diante duma infinitude, com todo o tempo do universo à sua disposição. Perplexa, ela o vê revendo e não acredita no que se vê

Nem nós

Num momento sem movimento, eles permanecem lá: ele de olhos bem abertos, ela enxugando os olhos úmidos. Ali, todos os olhares se colorirão

E aqui, continuemos esta narrativa. Que entre a oralidade e a escrita surja alguma compreensão... e da abstração nasça alguma concretude – passível de ser amada:

Parte 3: "çã"

"Frente a essa realidade oculta [...] *é preciso ser poeta.*
[...] *O documento não basta mais."*

Fellini

Capítulo Ia

"– Ah!... Ai!... Nossa!... (Nosso)... O nosso aaih!... Quantos ahs e ais! (E não há nada a mais: a se dizer... descrever... ou escutar. Só se continuar insistindo em continuar: ecoando e me repetindo)... Nem sei como começar! Mas insisto... Que quando eu vi não acreditei! Ele estava vendo! Vendo! De repente, sentado na cama – de óculos: quase irreconhecível... (E por trás daquelas lentes tinha um olhar profundo, próximo – me oferecendo os seus olhos recém- nascidos)! Ah não, não pode ser – mas era! E era muito: mais, demais... tanto! Incrível – total! Bem na minha frente. E eu nua na frente dele. Os dois completamente nus e a gente só via os olhos um do outro. Bem lá dentro – onde as cores mudam de cor... azul, verde... mar, floresta... folha e orvalho... Senti um tranco na garganta, o ar entrando com força nos pulmões, um músculo tremendo na cara, a água brotando nos olhos, escorrendo aos poucos, aliviando o aperto no pescoço. Mas agora sem o pudor de sentir as gotas saindo, limpando a pele quente do rosto... Ele estava me vendo! E eu vendo tudo aquilo como se fosse uma visão minha: um sonho meu – ou a ficção de uma outra pessoa?... Só depois de algum tempo, depois de parar de chorar, é que eu aceitei aquela dádiva como a nossa realidade! Quis falar e não consegui – ou não precisei? (Pra que tentar explicar o inexplicável)? Existem outras formas de se exprimir a gratidão... Abracei o corpo dele como se fosse o mundo, para me perder e me encontrar lá dentro!... E, de repente... ali inteiramente descoberta... me descobri uma obra poética: vi que ele estava me lendo toda, inteira, completa – com uma gratidão mundana, universal, que agora também nos pertence."

Capítulo 1b

"12 de setembro

Os institutos de pesquisa cultivam o hábito quase religioso de nos apresentar uma nova verdade a cada mês. (Cujas essências, diga- se de passagem, curiosamente sempre se assemelham). Pois há algum tempo foi divulgado o resultado de uma pesquisa que muito me instigou: os casais, quando necessitam de um apoio emocional, prefeririam majoritariamente a companhia de uma foto do outro cônjuge à sua presença física e real. Donde deveríamos concluir que, se tivermos a opção, muito provavelmente escolheremos a foto...

Hoje, todos nós temos esta opção. Eu optei por uma foto invisível.

Ontem à noite, no entanto, eu vi. (E, no quarto quase inteiramente escuro, precisei recorrer aos meus óculos abandonados). Vi no corpo dela um espaço novo, onde a beleza latente da nossa existência carnal e cotidiana me encontra... e os seus olhos cheios de água me abrem as mais transcendentes escotilhas da imanência. Sem óculos, esses olhos viam e veem muito mais do que eu: se extasiando com o simples fato de eu agora os estar vendo. Esses dois orifícios esverdeados – às vezes úmidos – contêm a vidência, a vivência e os videntes.

Ali mesmo, optei por integrar essa visão ilimitada: nunca antes alguém me vira com a abrangência de tamanha generosidade! (Esse olhar, aliás, nem era digno de um ser humano – mas de um animal inocente que ainda não sabe que vai morrer).

Nós sabemos.

Mesmo sábio, não tive medo de me entregar ao que eu vi: de me apaixonar tão perto da morte por uma mulher tão repleta de vida. De investir o pouco tempo que me resta unicamente para amar – ao invés de lutar por uma causa perdida, por uma fotografia invisível que ninguém quer ver nem nunca verá".

Capítulo 2a

"– Me deu uma vontade louca de escrever. (De tentar escrever. Pois escrever é sempre uma tentativa...). De descrever o que eu vi. Afinal, não foi pra isso que eu vim pra cá? Pra tentar recomeçar... Sabia que ele era escritor, que tinha ficado cego e eu – como assistente social – poderia ajudá-lo a tentar sobreviver; só não sabia se ele poderia me ajudar a recomeçar o meu sonho... Pois escrever, pra mim, sempre foi uma espécie de sonho – mas um sonho abortado. Quando ameaçava se tornar concreto – possível – eu desistia. Achava pouco, inócuo – egoísta. Principalmente numa época condenada como a nossa. No meu último relacionamento, por exemplo... nós dois convivíamos diariamente com esse veredicto. Cada um da sua maneira. Na forma de justificar o seu fracasso... Acho que foi justamente isso o que nos uniu; e depois, quando o fracasso a dois também fracassou – nos separou... Nesse meio tempo, a gente ficava ali se adiando. Se o meu ex-namorado não tinha coragem de terminar o seu livro, eu mal conseguia começar o meu... Escrever, para nós, era uma tentativa sem fim – ou uma tentação sem princípios. Eu gravava os meus desabafos pessoais feito uma adolescente, depois ficava esperando a hora certa de fixar aquelas ideias imaturas no papel; a hora certa não chegava, eu resolvia escrever assim mesmo – pela força do hábito – até reconhecer que essas ideias nem sequer eram minhas... (Só não parava completamente porque ouvia, de vez em quando, o som de contralto da minha voz – ligeiramente deformado pelas gravações – me incentivando a tentar de novo, mais uma vez, num timbre sincero). Enquanto ele escrevia pra gaveta: ficava ruminando e revisando sozinho os seus textos, só descobrindo neles as suas fraquezas literárias... sem a coragem necessária de jogar tudo fora, ou de mostrar um pequeno trecho a um possível leitor. A gente não sabia se ler. E eu ali, tentando criar alguma coragem de algum lugar – pra sair desse lugar nenhum... Dizendo alguma coisa por assim dizer. (Quando a gente quer consolar alguém começa logo a falar... da fala vão surgindo algumas ideias... e se essas ideias não permanecerem só nossas – se a outra pessoa nos escutar com uma consciência maior do que a da própria fala – as nossas palavras poderão dar origem a um renascimento). Pois eu lhe recomendei transformar as fraquezas literárias numa espécie de estilização, integrando-as conscientemente no próprio texto. (Assim como uma assistente social tenta integrar um indivíduo na sociedade antes que ele tenha se recuperado completamente. Aliás, todo mundo sabe que essa reabilitação social poderá inclusive ajudar a recuperação. Assim como eu sei que, ao tentar integrar e me entregar de corpo e alma à alma e ao corpo dum escritor, talvez consiga dar origem a algum livro... que será meu, seu ou nosso? Ou será que essa tagarelice toda não passa de um truque – pra tentar ocultar a impossibilidade da própria mágica, a ausência da própria obra?). Na realidade, ele não queria nem consolo nem truque (e, portanto, muito menos uma obra) – mas um verdadeiro nascimento. Ele queria um filho. Ter e criar um filho. Seu. Nosso? Numa época sem nenhuma chance de futuro, achei essa ideia totalmente louca, irresponsável, egoísta mesmo. Isolado, ele me xingou de covarde. Acuada, retruquei – perguntando se ele teria coragem suficiente para publicar o seu livro agora. Nem agora nem depois ouviu-se ali o som de uma resposta. A gente tinha desaprendido a falar... E dentro daquele silêncio, eu enfim aprendi: todas essas minhas tentativas frustradas formavam diversos ciclos incompletos que jamais se fecharão. Saí dali sozinha pra tentar encontrar a minha saída... até chegar até aqui. Onde, agora, estou tentando idealizar um recomeço: ... talvez escrever seja realmente possível – quando adquirir a concretude de um sonho coletivo."

Capítulo 2b

"13 de setembro

Hoje, ao reler o que eu ontem escrevi, vislumbro – com um novo, vasto deslumbramento – uma enorme paixão na descrição da minha paixão. Tão grande que eu não seria capaz de delimitá-la, de enxergar com absoluta clareza o momento em que ela se iniciou...

Quando vim para cá, residir só neste condomínio abandonado; quando me foi oferecida a possibilidade de viver aqui, evacuado dessa realidade que nos aniquila; quando pude me considerar oficialmente livre, porque um instituto qualquer me classificara de inválido – me senti um condenado dentro de uma prisão. (Ainda que o meu cárcere fosse deserto e sem fronteiras).

Depois, ela surgiu. Vindo para esta casa. Uma vez por semana, uma vez por dia, todos os dias... até ficar, estar e se sentir – aqui – em casa: de dentro dela me ensinando a chamá-la de nossa.

O processo em si foi tão sutil e gradativo que nem o percebemos como tal: não sentimos a sua linearidade, o seu começo ou o seu fim. Não houve progresso nem duração. Apenas, agora, uma inusitada liberdade. Se houve um trajeto, o caminho é indescritível – embora talvez tenha se iniciado, paradoxalmente, com as suas descrições... Ela, na varanda, narrando para mim o mundo à nossa volta; eu escutando as suas palavras formarem um texto oral pontuado por silêncios. E, assim como ela ficava esperando o vocábulo adequado chegar à sua fala, eu a pressentia surgindo dentro de casa quando ainda era esporádica... (Talvez haja algo de cíclico em todo esse processo) ... O fato é que desde que essas descrições espaciais se tornaram mais presentes, as nossas ações – por mais irrisórias que à primeira vista pareçam – vêm manifestando a possibilidade de existência de uma consciência duradoura. E ao entrar nela – decidido a habitá-la – me vi livre da minha cela invisível, redescobri aquela suposta limitação espacial como uma libertação física.

Mesmo sem pretender ficar aqui me repetindo sem sair deste lugar, insisto que não poderia discernir se a minha paixão foi inspirada pela sua presença ou pelo efeito das suas palavras; pensando bem, não se trata de um mero arrebatamento, mas de algo maior – uma adoração talvez ainda mais abrangente do que o ato de se apaixonar: algo à espera de um novo vocábulo, em última análise de um neologismo... ou de algum termo que não admita o seu antônimo, pois se encontra propositalmente inserido nesse espaço novo que lhe confere uma nova acepção.

Passo os olhos rápidos (provavelmente indiferentes) pelos livros à minha volta, no quarto de dormir; mal saberia precisar onde se encontram os volumes exaustivamente manuseados sobre filosofia grega. A Antiguidade me parece irrecuperavelmente antiga. Quero hoje um documento do agora porque sei – como nunca antes – o quão provisório e valioso ele agora é.

Neste momento excessivamente presente, o pensamento para de pensar. (Sei, contudo, que nesta pausa há mais verdade do que em qualquer continuação). E uma satisfação inabalável – imprudente – arrebata as minhas emoções ao sentir um prazer enfim redescoberto seduzindo a minha razão (que relê e vigia o que eu escrevo). Agora, afinal, rejuvenesço. (Talvez por isso tenha iniciado este diário)..."

Capítulo 3a

"– ... Cada dia que passa começa com a mesma pergunta: e se tudo isso não passar de um sonho? Aí eu acordo – e vejo que ele continua vendo!... Essa realidade visível e incrível preenche o meu dia, esse dia inverossímil me preenche... Sinto uma estranha necessidade de parar e tentar reter toda essa visão: sei que ela se repete, vem e vai – podendo ir embora a qualquer instante, talvez pra sempre. E vai. Fico ali abandonada – sozinha com a minha dúvida: e se ele for um mentiroso? Se tiver simulado a sua cegueira por pura covardia? Pra viver aqui, isolado, às custas do Estado – explorando a minha boa vontade... Brincando de marginal. E se ele for um filho da puta?! E merecer mais castigo do que pena, vingança ao invés de ajuda: porrada, muita porrada – uma surra mesmo – de preferência num lugar público? Mas aí eu ouço a sua voz de barítono me chamando pela casa – e ao escutar aquele timbre viril e macio, natural e humano – vejo que esse som não mente... Se alguém mentiu aqui fui eu: escondendo dele o meu último relacionamento... (talvez o fato do meu ex-namorado também ser escritor pudesse lhe soar como a previsão dum possível fracasso... talvez o filho que eu tanto recusei tenha bloqueado a minha garganta, sabotado a minha fala). Se alguém aqui não quis ver a verdade, fui eu: decidi viver nesta casa quase deserta pra cultivar a esperança de escrever alguma coisa antes de morrer; esperando que o convívio com ele me ensine a encontrar na arte alguma saída pro desespero que nos cerca. Ou talvez eu tenha omitido o meu passado pra salvar o amor presente... (É como se o amor sincero se baseasse num pacto não verbalizado, que só resiste ao tempo se permanecer imaculado). No final das contas: quem aqui está precisando mais de perdão? Um filho da puta ou uma puta sem filho? Quem mereceria qualquer perdão? (Olhando bem toda essa realidade que nos cerca – e ainda não é totalmente visível – ninguém. Talvez por isso todos nós tenhamos acabado assim: nos acabando. Porque não tivemos a coragem suficiente para nos perdoarmos enquanto era tempo. Desperdiçamos o tempo justificando a falta de tempo). E justamente agora, quando definitivamente não há mais tempo, o perdão é possível. Ao menos no microcosmo desta casa: no esconderijo íntimo de uma guerrilha privada. Aqui poderá haver uma recusa consciente à destruição automática do outro, ao extermínio geral que nos aguarda lá fora, ao suicídio coletivo legitimado pela ausência de perdão. (A resistência mais radical seria tentar perdoar a morte recusando-se a matar). Aqui poderíamos nos salvar. Irmanar – no lugar de desabar... A primeira providência é sempre linguística: encontrar a forma adequada de dizer tudo isso sem sair do todo... a si mesmo – e depois ao outro. Agora há um outro, mas não há depois: não posso mais adiar o destino que está nos espreitando. Preciso contar a ele que escrevo. Depois, sim, poderei repousar em paz, com a cabeça deitada no seu colo, e – aguardando a sua resposta – sonhar acordada que conhecê-lo foi um presente atemporal... e – antes de ouvir a sua resposta afirmativa – saber que aquela minha visão anterior e diária, já quase epifânica, será recuperada e celebrada em forma de gratidão!"

Capítulo 3b

"18 de setembro

Desde que vivo aqui, estou convencido de que há instâncias mais reais do que os fatos que nos acontecem: as vivências que nos realizam.

Hoje, por exemplo, ela finalmente me disse que escreve; nesta confissão, li um pedido de ajuda – implícito e imemorial...

... (Lembro-me que aprendi a ler com o meu pai: não a automatização dessa conexão entre letras e fonemas, símbolos e sons, mas a identificação da instância que sobrevive ali dentro: ... Quando o meu pai foi removido para um asilo, se desfez de todos os seus pertences, até mesmo dos arquivos que documentavam a sua vida profissional de arquiteto. De partida para um lar que seria quase um exílio, ele ainda assim – sem tempo nem espaço – fez questão de me dar um presente: um desenho seu feito quando muito criança, onde se viam umas figuras geométricas bastante toscas borradas com as típicas cores usadas no maternal. Agradeci, nos despedimos. Depois que ele morreu, emoldurei o desenho e o pendurei numa parede do meu escritório... Mas agora era tarde demais, ele não pôde me ver identificando naquele quadrado quase abstrato – com uma atenção livre de julgamentos, como só um bicho de estimação pode dar ao seu dono – uma casa retangular branca com um pequeno jardim nos fundos, uma árvore verde na sua frente, um céu azul claro ao seu redor e o sol amarelo acima de tudo: talvez a sua primeira tentativa consciente de descrever o espaço incomensurável que nos acolhe).

Hoje não me considero mais analfabeto, pois os remorsos nos instruem... Quero ajudá-la agora – antes que o nosso prazo termine: sem dar tempo ao tempo para que o nosso tempo se acabe.

Identifico aqui, nela, agora as mais variadas instâncias:

Se ela acredita que a minha visão se recuperou de repente – espontaneamente – trata-se apenas de um fato inexplicável. E é só: frente a ele permaneceremos dois observadores curiosos e impotentes. A nossa ação acaba aqui, pois lá só haverá espaço para uma contemplação impessoal.

Se ela crê, porém, que a volta da minha visão foi uma reação (ainda não explicável) à sua presença ou à sua celebração da nossa convivência dentro desta casa – então ela é simultaneamente uma poetisa que nos liberta e a musa que me inspira. Durante – e dentro – deste encontro, espaço e tempo são nossos: nós os incorporamos.

Mas se ela pensa que eu menti – concluindo que o instituto que me rotulou de cego tenha falhado ou cooptado (provavelmente para realizar mais uma das suas pesquisas extraordinárias), neste caso não há mais nenhum caso, casa ou casal: o espaço livre não é mais livre – ela, eu e o meu diário nos acabamos aqui.

Há, contudo, uma última instância: a percepção de que o fato por si só – isoladamente – não existe: é inextricável, pertencendo a uma série interminável de outras vivências; portanto, mais urgente do que buscar uma explicação apressada e imediata que logo nos reconforte seria se demorar e se prorrogar neste estado de consciência onde não há tempo, mas só um espaço vasto e perene... (o mesmo espaço que se manifesta entre nós e um fato quando somos capazes de observá-lo com a devida distância: nos observando).

De dentro desse espaço, vivencio um novo fato:

Eu, que havia parado de escrever – como possivelmente todos os escritores sensatos da atualidade – tentei começar um diário. De repente, vejo que os seus limites – e a minha limitação – não me bastam mais: o que precisa ser descrito não caberá só aqui dentro. É preciso ampliar o espaço – e a autoria...

Desço a escada e pego na mão que me tirou do meu mais longo bloqueio criativo: hoje, para se escrever um livro, é necessário crer na última de todas as instâncias. Com a outro mão, pego o lápis e o bloco – que já estavam me esperando bem ali, em cima da mesa. Juntos talvez possamos concluir o seu livro jamais iniciado!...

Realizada, ela me olha com a vivacidade que as crianças experimentam ao descobrirem que as suas representações gráficas do mundo podem oferecer uma vivência mais sã do que o próprio mundo. (Repatriado, olhando-a com a mesma devoção que um pai encontra no olhar de um filho, vejo indiretamente – lá na mesa ao fundo – os rostos de familiares e amigos nos observando através dos seus retratos; talvez os seus olhos brilhem agora com maior intensidade na sala escura, pois – depois de sobreviverem a longas séries repletas de fatos – finalmente estão enxergando o seu destino, a sua instância: eu e ela os integrando no nosso espaço)."

Capítulo 4a

"– Uau!... (uaaau). ... Uauauiua! ... hnããããaaaaAh: Há!... Ai, ai, ai. (A e i o u: w w – 'na cartilha da Juju')! Ah, não... ('é um homem pequeninho')... eu não acredito. Mais uma vez! Nem agora nem antes. Nem no que eu vi nem no que eu verei. (Virei é criança de novo! Totalmente entregue ao momento; à sua felicidade nua, crua – quase exterior). Nossa!... Parece até uma repetição do meu último êxtase. A epifania inexplicável agora é o meu livro! (Nosso)... Meu Deus, o que será que eu fiz pra merecer isso tudo? Nada de mais – mas de menos: um relacionamento mal-acabado com um escritor estéril; o medo de dar à luz um fruto nosso; a covardia perante um livro que nunca se realizou... E agora, de repente – sem mais nem menos – tudo isso, tudo junto! Eu nem conseguiria explicar esse fenômeno sozinha, teria que apelar pra minha memória literária – só a realidade não me basta:

... era como se eu me encontrasse há muito tempo num estado de espera – numa espécie de vigília – até que, quando eu já tinha quase desistido de esperar, já tinha me esquecido de vigiar, o momento oportuno veio e me trouxe um homem que me ouve, me vê, e segura nas minhas mãos para junto com elas escrever – e aí eu realmente me esqueço de tudo, até mesmo dos nossos trágicos destinos, que nem eu me chamo Virgília nem ele Brás: pertencemos a algo muito maior do que as nossas breves identidades, somos acontecimentos abruptos em uma sequência ininterrupta, uma sucessão de fatos entrelaçados no tempo perfazendo um conjunto inapreensível no espaço. E esta consciência (já quase ação) abre uma janela fora do tempo dentro desta série – completando os nossos sons, sonhos e interjeições: desvenda uma música no caos aparente. Lá-lá-li-lá-láá-láá! (Ou ôôôô- ô-ô-ô-ôôôô-ôôôô). Quem quiser, depois, que classifique e catalogue essa loucura sã! Antes que se encontre o neologismo oportuno, quero aproveitar em paz a falta de palavras que descrevam a beleza de me surpreender existindo. Pois desta vez a efusão é tanta que promete, talvez, durar mais do que eu: a beleza de se perceber a beleza se propagando... saltando de um lugar para o outro, toda radiante do antes para o adiante, olho pela janela ampla, disposta a concordar com a natureza muda. Vejo o gato, lá fora, e sei que ele sabe que eu sei que ele é um ser feliz e completo dentro da sua insuficiência. E de repente a minha visão se colore, se expande e me externa, como se quisesse abraçar a nossa totalidade finita!... Ah, que vontade de assoviar só pra me escutar celebrando o ser e os seres – de consentir o ímpeto de beijar na boca o meu próprio destino! Respiro fundo e me preencho de espaço... (Quanto espaço me amparando dentro de mim)! Existir me basta. E de repente viver tem algum propósito palpável... Abro a porta ao mundo: vou adotar o gato."

Capítulo 4b

"22 de setembro

... talvez esse gato encontre uma saída...

... (como dizia há muito tempo algum cineasta, convém deixar entreaberta uma porta do estúdio: um gato poderia entrar por ali e nos presentear com uma solução cênica original)...

... se não há nenhuma vivência, instância ou fato original a se oferecer, presenciemos o gato.

... há um único fato definitivo: a promessa de um livro. (Consequência, talvez, de um arroubo romântico pouco premeditado). Agora, há que se oferecer uma narrativa completa – ou, ao menos, muitas páginas contendo uma porção de linhas e diversos verbos.

... há uma única vivência original: a consciência de que só o que eu teria a lhe oferecer é este meu convívio com ela. O que saiu e eu ouvi da sua boca. Antes, só havia uma longa espera sem nenhuma presença: o pressentimento de que alguma influência ou inspiração machadianas iriam me ajudar a recomeçar a escrever... Entretanto, quem veio foi um ser humano – que descreve.

... agora é ela quem fica me esperando começar: há que se oferecer aqui o primeiro passo. Eu gostaria de ser o autor deste gesto inicial – mas não sei se teria a distância necessária para tanto; o meu livro não passa de um espaço – ainda em branco – que ameaça permanecer amorfo: um ex-passo... De que forma poderia descrever este meu novo ser – que está se formando e se transformando no presente momento – sem me repetir numa linguagem literária do passado? (Se for um romance, que saia, se liberte e transcenda o seu romantismo anacrônico)...

Meus olhos seguem o gato – que acabou de entrar na nossa casa como se estivesse reentrando no seu antigo lar (reanimando o meu pressentimento de que estamos diante de um ex-morador); aparentemente não sente medo de nós: nos oferece um olhar quase ingênuo – verde – frequente nos seres que viram demais, talvez mais do que os nossos olhos imaturos suportariam ver...

Logo se vê que aqui dentro ele se sente em casa. Capta através do tato, olfato, visão e audição todos os seres e objetos presentes – apreendendo-nos. Substantiva o espaço. Contempla-o com a distância suficiente para se evitar qualquer mentira ou deformação, para apreciá-lo numa total interação com o ambiente que o contém e forma... (Talvez esteja agora observando o tempo passar – e nós nos decompondo dentro dele).

Me aproximo, para passar a mão na sua nuca... Ele se assusta; eu também: desaparece pela porta entreaberta para o porão, fugindo do gesto passado de um carrasco ausente.

Munida de uma vasilha com leite fresco, ela o persegue; cúmplice, prossigo em direção ao porão. Lá embaixo, nos deparamos com a sua aparente ausência, logo desmentida pelos guinchos espaçados – quase sufocados – que compõem o pranto de um animal próximo. Nossos ouvidos nos conduzem ao espaço rebaixado pela escada, onde o gato, encolhido, tenta se esconder da violência do seu passado – retornando a ele involuntariamente: ... Olho de novo ao nosso redor, sinto que foi aqui que este bicho sofreu. Ela lhe oferece o leite – alvo como o nosso livro inanimado; ele bebe com sofreguidão e nos encara com vagar, agradecido. (A versão oficial do seu drama provavelmente seria a de que ele estava apenas com sede – afinal, hoje não há mais tempo para História).

Com satisfação – ou alívio – o gato nos conduz, sem pressa, ao último andar. Como se estivesse voltando, a cada degrau, a um bem- estar reencontrado, de repente para – no fim da escada – embaixo de uma inusitada fonte de luz e calor: a luminescência do sol filtrada por umas poucas nuvens e oferecida ao interior da nossa casa por esta claraboia, que até então não havíamos observado com o devido cuidado (de tão preocupados com o que se encontra na nossa frente, perdemos o hábito de olhar para cima).

Ali tem início um balé íntimo; um discurso de luz, cor, movimento e corpo; uma iniciação à vivência de um fato como uma instância: o gato se esfrega, se contorce e se retorce ao calor dos raios do sol – como se durante esta ação estivesse sendo e oferecendo não somente uma solução, mas uma redenção (só alcançável através deste jogo de carícias do seu pelo marrom-claro aveludado roçando na superfície dura do chão de madeira sob a iluminação morna e dourada de uma estrela muito além desta casa... desumanamente distante, mas atingível enquanto figura de linguagem). Agora ele está aberto aos afagos alheios. Enquanto ela acaricia a sua barriga, o gato parece nos confirmar corporalmente – de dentro da sua satisfação felina – que talvez não exista nada mais metafísico do que a mais pura concretude. E que estar aqui reconhecendo isto é uma instância particular, inédita, do amor.

(Não: hoje em dia esta última palavra não soa mais plausível, já foi maltratada demais no nosso cotidiano, se estamos presenciando algo realmente novo é preciso buscar um outro termo... retorcendo-o, oferecendo a possibilidade de um outro sentido a vocábulos conhecidos) ...

... Vou sugerir a ela escrevermos um livro sobre Fellini!"

Capítulo 5a

"– Pra falar a verdade, no final eu tinha me esquecido até do gato! (E de que ele agora é meu). Esse verdadeiro festival felliniano acabou me tirando de dentro de mim: removeu o chão desta casa, desorientou os nossos sentidos, fantasiou a minha memória. (Nem sei mais distinguir o que eu vi do que me foi contado). Mas sei que se Machado é um bruxo, Fellini é um mago ou um mágico. (Pena que só agora eu tenha me deixado seduzir pelos seus truques... antes, ficava cobrando uma verossimilhança que só as narrativas convencionais podem nos dar). O seu céu é o mais azul dos céus porque é um cenário – a sua narrativa nos comove porque nos convence disto; quem vence, no final, é a arte de narrar sem narrar. Mas, desta vez, quem venceu fui eu: ao ser convencida fui convertida, entrei num mundo onírico que ludibria o desenvolvimento tradicional, que paira sobre a dramaturgia clássica porque a dispensa. Que nos liberta da aflição da morte, escapando da obsessão do começo-meio-e-fim em um circo cíclico. Que celebra a opulência da vida numa metalinguagem metafórica, borrando o limite entre a sua e a nossa consciência num moderno discurso barroco. De repente, eu não me esqueci simplesmente de mim – mas fui levada por um personagem seu a um tablado suspenso, de onde pude contemplar simultaneamente o cotidiano grotesco e a sua sublime superação: os meus danos, os meus enganos e os nossos perdões! O tudo e o todo em tão pouco tempo!... se ninguém segurasse na minha mão com um pouco mais de força, talvez eu nem percebesse que aquela cena funcionava como uma janela... Onde eu vi o contraste: se Machado decepa as nossas crenças, ameaçando nos jogar no abismo da página em branco, Fellini brinca de mágico, demonstrando aos nossos olhos infantilizados que este azul celestial só é possível no estúdio; e eu, entre o branco e o azul, intuo com toda a certeza que os meus olhos agora estão verdes. Depois suspiro fundo – pra dentro – até massagear o espaço interior do meu ventre com uma respiração que me reconforta e me preenche... como se fosse o meu filho. Fecho os olhos quentes e aperto com toda a força a mão tão presente ao meu lado – numa conjunção mais absoluta do que a sexual".

Capítulo 5b

"24 de setembro

Comecei tentando seduzi-la com um jogo linguístico: todos nós sabemos que ver Fellini é nitidamente uma metonímia, onde a obra está sendo substituída pelo autor... Neste caso, porém, a recíproca é verdadeira: como se vê em grande parte da sua obra, Fellini é também um personagem de Fellini – ou (dependendo do nosso ponto de vista) o seu próprio autor. O fato é que temos o privilégio de observá-lo, com frequência, criando o filme a que estamos assistindo no presente momento...

E assim o entrevemos se observando – desde as suas primeiras obras, aparentemente lineares, até a explosão de metanarrativas nas suas últimas criações. Em todos esses momentos flagrantes, o tempo de repente para: perdurando sem duração, o instante se torna uma instância. É uma arte que não decorre da acumulação de tempo, nem transcorre por uma via lógica ou teleológica – mas nos conscientiza para uma nova presença no espaço...

E assim entramos no âmago da obra felliniana: na representação do espaço através de um estúdio cinematográfico – onde um provável protagonista (um ator iniciante tentando representar o jovem Fellini) nos dá a mão e nos encoraja a prosseguir pela porta entreaberta. Lá dentro, nos deparamos com a mais radical das metonímias: uma representação azulíssima do céu substitui a infinitude celestial correspondente; com um olhar deslumbrado – e depois resignado – reconhecemos que esta aproximação é o ponto mais próximo a que poderemos chegar do paraíso... Em seguida, vemos os dois pintores, levados como duas crianças, balançando nos seus andaimes em frente a esta epifania ótica criada pelas suas próprias mãos. Pois aqui a autoria é só delas: as suas bocas infantilizadas assobiam indiferentes ou emitem algumas palavrinhas e diversos palavrões em torno de um lugar-comum. Mais vasto, porém, do que este pequeno todo é o amplo cenário que nos defronta com o próprio êxtase de ver – mesmo agora, quando a imobilidade de algumas raras nuvens embranquecidas ameaça desmascarar ali uma simples ilusão de ótica. Neste momento ela agarra a minha mão – e Fellini, jovem ou velho, vai-se embora...

O que resta é a confraternização com o espaço no seu sentido mais lato."

Capítulo 6a

"– ... e agora voltamos à folha de papel em branco. (Mais cedo ou mais tarde, é sempre assim que nós acabamos – ou começamos). Como é que vamos botar aqui dentro todo o céu que Fellini esculpiu em "Intervista"? Tanto azul em um branco só?... (Se Fellini colore a eloquência do espaço, Machado demonstra como a verborragia tenta tapar o espaço em branco; Machado mostra a ausência no espaço, Fellini nos oferece um espaço presente). Entretanto, é essencial continuar o desafio – antes que só reste aqui um espaço sem tempo. Tento contar em voz alta o que eu vi, como se fosse um exercício, talvez pra vencer o medo de fracassar de novo. Não consigo. Restrinjo o tempo e o espaço a uma única cena. Mais uma vez repito o meu fracasso: o essencial continua de fora; um discurso puramente verbal jamais conseguirá conter este todo – somente uma parte do todo... Aceitar isto me cansa – e eu fecho os olhos, mesmo sem sono... De repente revejo algumas cenas do filme, provavelmente ornamentadas e decoradas pela insatisfação da minha memória. Ali está de novo o espaço felliniano, dessa vez na sua expressão mais radical: despovoado. É o próprio estúdio, agora deserto – porém nunca vazio: a câmera nos aproxima das mesas, cadeiras e outros objetos que testemunharam tantas ações e subitamente, libertos do olhar cotidiano, parecem querer nos contar os seus segredos e histórias pessoais... No final, já íntimos da casa, temos a honra de contemplar o espaço quase nu – na penumbra – com a presença de um último feixe de luz se despedindo de nós. Fellini já desapareceu: no ápice do lirismo, dissolve a sua forma e o seu jogo de narrativas – deixando aqui o espaço livre falar. (Talvez seja este o seu testamento). Eu abro os olhos – e os ouvidos: a resposta à minha pergunta me será contada pela casa – ou pelo o que ainda restar fora dela. Assim – sem livro – me redescubro uma autora."

Capítulo 6b

"1.° de outubro

A única saída que eu enxergo aqui é oferecer tempo ao tempo. Para a obra amadurecer sozinha nos nossos sonhos. Até acordarmos sabendo – espontaneamente – se será um livro de ensaios, ficção ou prosa poética... Entrementes, nos encontraremos num estado de vigília que se assemelha a uma gestação: grávidos de uma aventura felina e felliniana, prenhes de uma consciência espacial, chocaremos o tempo até que a nossa linguagem nasça, cresça, se enleve e nos leve a voar e sobrevoar a casa, o casal, o casar, o acaso, o ocaso: o acasalamento das partes do todo com o todo.

E quando encontrarmos a frase no lugar da perífrase, o epigramático no lugar da gramática, a obra estará madura: o nosso livro deixará de se submeter a um gênero literário para se tornar um espaço. (Mesmo que – originalmente – a autoria deste resultado final não seja só nossa).

Mesmo que Fellini já tenha filmado isto tudo... e que o nosso livro, portanto, se demonstre desnecessário: entrementes, estaremos aprendendo a transver o mundo.

Talvez esta nova visão independa da realização definitiva ou não do livro. Talvez se torne perene na forma de uma figura (felliniana) de uma linguagem (machadiana).

Talvez o ser humano, contudo, ainda não esteja apto para tanto...

Ou talvez não passemos de coadjuvantes dentro da nossa própria obra."

Capítulo 7a

"– Fui dar uma volta pelo condomínio pra me reencontrar lá fora. Pra reestar no resto do mundo... Adentrando um espaço natural ainda livre, reentrando na presença do seu tempo imortal, abro a porta da varanda. E saio em silêncio para o terraço deserto: é de manhã bem cedo, ele ainda está dormindo. Ali, o sol acorda o dia com vagar, derretendo cada partícula imobilizada do orvalho esbranquiçado; recém-despertado, o ar refresca o chão de concreto, sobe até as minhas narinas, limpa e recicla o meu organismo cansado da noite. Prepara o meu corpo pra me sentir de novo viva – para sentir fome... A macieira em frente, já quase fora do jardim, não me atrai. Exibe os seus frutos ainda corados, mas já menos numerosos – em breve solitários; prefiro adiar a refeição e compartilhar o primeiro gole de café com ele. (Mas a minha espera passa rápido, está sendo preenchida por esse passeio). Dou alguns passos em frente: ... a grama recém-cortada – curta e grossa – evitando crescer até a próxima primavera para se defender do frio iminente. (Intuindo o retorno da sua estação predileta assim como eu pressinto a presença dele à mesa do café... Sinto com as minhas solas finas essa certeza – essa rigidez – na dureza do gramado debaixo dos meus pés, sem saber se se trata de fé ou pura teimosia. Mas meu corpo reconhece que esse atavismo planificado facilita qualquer caminhada). À minha direita, os lírios ainda ostentam um amarelo estival – solar – entre os matizes de marrom, vermelho e verde-escuro que os emolduram. Não resisto à tentação: me aproximo, com respeito, e toco em uma única pétala; mas tendo o cuidado de evitar trejeitos infantis, tentando fazer um gesto desapegado para que ela não se acabe prematuramente ali, se desfazendo – esmigalhada – na palma da minha mão. Atrás dos lírios, já quase inexistente, descubro a tempo uma florzinha vermelho-escura – bem encolhida, compacta como uma framboesa murcha; vai morrer sem homenagens, sem que eu saiba sequer proferir o seu nome, desaparecendo na maior das valas comuns que é o chão (quanto tempo perdi memorizando tantas denominações abstratas ao invés de aprender os nomes destes seres tão próximos de mim)... Um pouco mais adiante, perto do portão, se encontra uma brecha – quase invisível – na cerca coberta de heras: foi por esse buraco escavado pelo tempo que o gato entrou na nossa vida. Tal lembrança me confere uma certeza frontal – horizontal – que supera o chão obscuro. (Ali do outro lado me espera o começo da continuação do mundo)... Mas não tenho pressa, não sou mais criança e ainda não virei bicho: saio mesmo pelo bem-comportado portão ao lado. Lá em cima – alados – os pássaros que não fugiram para o sul circulam livremente por um céu sem aviões. Alternando-se em diversas formações geométricas, saúdam algo não visível aqui embaixo: o sol ainda encoberto, o sal de algum mar distante rarefeito no ar, o saldo positivo de se sobrevoar a Terra com a devida distância, ou o saudosismo da própria saudade. Sob esse céu parcialmente nublado decido, curiosa, seguir em frente, me distanciando de casa mais do que previa. O terreno se eleva pouco a pouco mas com rapidez – me conduzindo, de repente, ao topo de uma colina. De lá, vejo tudo o que os olhos podem ver num estado de exuberância: o lago enorme – oceânico – desaguando num sul invisível; a cidade grande inofensiva atrás de tanta água; as diversas aldeias, em ambas as margens, tão semelhantes e diferentes entre si; entre elas, os vinhedos colorindo geometricamente as paisagens esverdeadas; ao fundo, as montanhas já cobertas pela neve ou pelas nuvens; o sol escondido atrás de algumas nuvens escuras, anunciando se levantar em breve; as árvores sólidas e flexíveis, deixando passar uma brisa fresca, constante, por entre os seus galhos; e eu conduzindo os meus olhos ao ponto inicial do meu passeio visual – àquele mesmo lago anterior (agora às vezes prateado por imprevisíveis faíscas com a duração de uma onda)... Me encontro no eixo de um estro! (Como se dessa distância a nossa vista aceitasse tudo o que se situa ao seu redor como uma experiência de potência). Sem quase nem mas: um enquanto equânime. Onde a morte foi exorcizada em um fluxo que dinamiza, estilhaça e completa a vida!... Sem que eu perceba, começo a voltar pra casa. Meus pés descobrem um atalho camuflado pelo mato, ao lado de um canal velho que agora se tornou uma vala (levando o nosso esgoto por ali, em segredo, a alguma estação de tratamento não visível do condomínio – e, portanto, não existente para mim até então). Mesmo maltratado, o caminho se demonstra curto por ser claramente limitado; chego logo de volta ao condomínio – em frente a uma série de casas abandonadas, com o mato crescendo pelos jardins. Parecem todas iguais na nudez da sua inutilidade – despidas das vaidades, decorações e apetrechos dos seus moradores ausentes. Intrusa, acabo de flagrá-las retornando a esse estado natural – originário – que talvez legitime a mais ancestral das liberdades. Deixo-as em paz: percebendo que me encontro próxima à nossa casa, sinto-me orgulhosa de termos cortado a grama enquanto é tempo. Prossigo o caminho, que aos poucos começa a descida final. (Não serão alguns metros, minutos ou metrificações a mais que modificarão o nosso destino: nos encontramos sempre nesta situação limite, onde o nosso tempo de vida se apresenta escasso ao o reconhecermos limitado). O caminho, agora conhecido, segue certo e sem nenhuma vala paralela: aqui, a única ameaça de esgoto depende da minha própria digestão (e será devidamente eliminada – privada e civilizadamente – dentro da minha casa). Continuo andando na companhia da certeza recém-experimentada: as visíveis ameaças às nossas vidas rodeadas pela presença tão atual das suas ausências. O céu azul contendo as nuvens que o ainda encobrem. (Azuis mesmo, sem nódoa nem interrupção, só os seus olhos). E estou de novo em frente ao portão do nosso jardim. Tomando o cuidado de não matar desnecessariamente as flores recém-nascidas das ervas daninhas, perto da macieira... (Assim que estiver em casa vou descobrir como elas se chamam, quero ter alguma novidade pra contar a ele)! Meus olhos passam do branco tímido das flores ao marrom do barro úmido nos meus sapatos. Melhor entrar pela porta da frente, onde o capacho limpará os meus pés. (Dou a volta na casa já visualizando o azul claro dos seus olhos)! Mesmo assim, ao chegar à porta da frente, ainda tenho tempo para observar como a nossa casa – daquela perspectiva, naquela luminosidade – se assemelhava naturalmente (sem qualquer sombra de rima, aliteração ou pretensão literária) a uma edícula."

Capítulo 7b

"5 de outubro

A porta de madeira maciça, escurecida pelo tempo; espessa, grossa, intransponível: nosso escudo. (A maçaneta de metal modernizada e polida – ligeiramente fria).

O minúsculo vestíbulo, acolhedor: dois cabides oferecendo descanso a dois casacos; os outros, à espera de convidados invisíveis, imaginários ou falecidos – aqui sempre bem-vindos. Um capacho áspero, estirado no chão, limpando a sujeira externa das nossas solas de sapato. Em seguida, o próprio chão: liso, limpo! (Nesta superfície tão plana, os chinelos nos convidando a pisar em cima dela com uma leveza quase diplomática).

À esquerda, a cozinha – ampliada pela janela. Guardando suvenires naturais do meio externo – alguns ocultos, outros visíveis. As maçãs e as peras compondo uma pirâmide irregular, esverdeada e vermelha, ao lado da geladeira. (Ali dentro, diversas relíquias animais nos prometendo sabor e vigor em forma de refeições). A salada fresca, com sede, na pia. (As batatas, já mais velhas, armazenadas – talvez esquecidas – no porão). O fogão e o forno às vezes nos queimando e sempre nos lembrando da nossa arcaica e animalesca condição. As facas. Os pratos vazios, no escorredor de louça, exprimindo gratidão pela fome saciada. (E a lata de lixo escondendo o cheiro do nosso futuro).

Em frente – sem separação – a sala de jantar, a sala de estar e a outra janela. Um grande lance de luz, contínuo. (Da nutrição, através da existência, à visão). Banhando em reflexos caóticos diversas séries ordenadas de objetos: a mesa posta só para dois – mas com quatro cadeiras ao seu redor; no centro dela, mas numa dimensão mais elevada, o lustre – discreto como um halo ainda apagado; atrás dela, encurralado na parede, o antigo armário sempre fechado; à sua esquerda, já quase de volta à cozinha, um outro armário, grande e moderno – para proteger os copos e a louça de algum golpe do destino; dali até a sala de estar, alguns quadros – um pouco abaixo do lustre – colorindo o branco áspero das paredes; abaixo destas ficções visuais, encostada na janela para o jardim, a longa mesa retangular – expondo fragmentos de vários seres humanos enquadrados em porta- retratos; em frente aos seus olhos, a única planta ainda viva deste recinto – resistindo ao frio graças a quatro paredes e dois indivíduos; embaixo dela, um tapete feito à mão aquecendo os meus pés; à sua direita, um outro tapete – fofo, felpudo – amaciando, mimando e ninando o nosso gato; ao seu lado, uma mesa baixa – exibindo enfeites de vidro, frágeis, resguardando-a de pés preguiçosos e inoportunos; à sua direita, em ângulo reto, dois pequenos sofás – vazios – formando a letra L (ou a metade de um retângulo incompleto, aberto ao gigantesco espaço além da janela?). No teto intransponível, as luzes ignoradas.

Fechando o círculo: a escada, para cima – iluminada pela claraboia. Os degraus, semelhantes mas nunca idênticos na sua estrutura rítmica, nos elevando sequencialmente.

(O corredor muito breve – quase inexistente. Amarelado por um sol distante... miniatura de um antigo pátio interno?) ...

O banheiro, de porta aberta: privado e promíscuo. Ladrilhos geometrizados, emoldurando – assépticos – os ciclos da água limpa, parda, poluída, diluída, suada, límpida. Tímidos, o lixo sempre vazio, a cortina quase sempre fechada. A alternância simétrica – estoica – entre o azul e o branco nos azulejos das suas paredes como uma ordem binária inabalável – espiando de viés, quase em frente, o escritório sendo redimido pela preguiça...

Obsoleto, o escritório enfim belo. O computador tão inofensivo quanto os fichários nas estantes. O sofá contemplando, confortável, a elegância dos objetos resignados. E um desenho emoldurado unindo um pai morto ao seu filho ainda vivo.

Ao lado, o quarto de dormir. Ritualizando... A morte e as suas exegeses arquivadas na face frontal da biblioteca; a vida e os seus desdobramentos horizontalizados na cama de casal; o futuro externalizado na janela fechada ou aberta.

Para baixo, a mesma escada num outro sentido: invertida – até o nada.

(A continuação da descida ao porão terminal interrompida pela exuberância da chegada dela: o abismo subterrâneo sendo conscientemente esquecido em prol da celebração da nossa existência provisória):

Ela: sempre se (e nos) presenteando; a todo instante secularizando a casa em um templo para o amor dentro do tempo que não para.

A máquina de café ao lado da pia da cozinha, ainda não visível deste ângulo – aromatizando o nosso ar com o café fresco recém- moído: gratificação líquida, em breve degustada por dois seres se humanizando na companhia de um gato recém-acordado.

... E a porta recém-fechada, com delicadeza: agora protegendo um jovem gato da sua inexperiência... mantendo-o afastado dessa vida externa que nos mata com os seus verbos excessivamente ativos."

Capitulo 8a

"– ... estar aqui presenteando agora o ser..."

Capítulo 8b

"22 de outubro

... uma ontologia do espaço – no espaço..."

Capítulo 9a

"– Comecei esse dia contando uma mentira. Pra mim e pra ele. (Para dentro, para fora: primeiro a gente internaliza a narrativa... depois a reconta como se fosse escritora). Disse que era necessário sair de casa... fugir desse condomínio... e que tinha de ser hoje: agora. (Não por alguma falta, mas por um excesso: havia narrativas demais dentro dele, de mim, da nossa casa. Tinha de contar tudo isso a alguém, oferecer uma parte do nosso todo a uma outra pessoa – antes que esse todo acabasse virando um nada) ... Este nada estava ali: à espreita, bem camuflado – como um animal predador na sua tocaia. Ficou quase visível na expectativa ambiciosa que se seguiu à minha fala: tenso, rígido, diferente dos diálogos silenciosos e repletos de espaço a que estávamos acostumados; ameaçava rachar, se estilhaçar e nos machucar a qualquer instante. Imediatamente, vi que era preciso complementar o que havia sido dito. Meu corpo reagiu logo em seguida, de algum lugar me veio o desfecho oportuno – uma saída espontânea: quando dei por mim, estava explicando a ele que o colapso geral dos últimos dias também estava gerando escassez de alimentos, era melhor eu ir tentar comprar o que ainda estivesse disponível, sair assim é sempre um certo risco mas agora se tornou inevitável, ele que ficasse em casa me esperando com o nosso gatinho, eu sabia exatamente onde poderia encontrar comida graças aos meus contatos profissionais... Acho que ele acreditou nessa minha improvisação repetitiva, pois – depois de refletir por um momento isolado – me abraçou com toda a força e me beijou como se aquela fosse a primeira ou a última vez (só não pude perceber se estávamos nos despedindo ou experimentando o gosto da saudade dentro das nossas bocas). Saí de casa com remorso, sem conseguir dissimular que estava olhando para trás mais do que pretendia... Me perguntando, afinal, para que aquilo tudo... me respondendo em voz alta: "calma que eu já volto logo"... Mas então por que é que ele fez questão de ficar do lado de fora, me acompanhando com um olhar tão cheio de zelo? A minha cabeça preferiu se virar para frente e olhar fixa numa outra direção, talvez já querendo mirar na minha pretensa meta, procurando o caminho mais rápido e seguro pra loja especial de alimentos. Decidiu, assim, que tudo isso era necessário por causa da comida. (Mas ninguém sai incólume de um lar tão presente, não é mais possível mentir sem se ver mentindo, a memória logo nos interrompe e nos lembra que há mantimentos suficientes armazenados na cozinha ou no porão). Minhas pernas apressaram o passo e eu cheguei suando à loja talvez desnecessária. Comprei comida como quem cumpre uma tarefa corriqueira, mesmo depois de ler o aviso que na semana que vem este local será fechado... Saí dali me entregando completamente à realidade da minha meta original, sem querer nem poder perder tempo – porém, ao chegar lá, sentei num banco do parque em frente, me esqueci do frio, liguei o meu gravador portátil e decidi gravar aqui tudo isto que eu estou falando agora (talvez para garantir uma despedida oficial se ela for necessária). Nesta pressa toda, quem sofre primeiro é sempre a linguagem: sinto que já estou desaprendendo aquilo que aprendi, estou perdendo aquele carinho natural pelas palavras antes delas nascerem – ninguém sai de casa impune; mais um pouco e estarei me perdendo de uma vez por todas na verborragia com que maltratamos a nossa existência durante o nosso dia a dia, com que construímos as nossas mentiras. (Toda destruição começa com uma mentira – jamais com uma ficção. Fellini nos revela na ficção uma verdade mais real do que a própria realidade; Machado se utiliza da ficção para nos demonstrar que as mentiras na sua obra são nossas. Concretamente, só a ficção pode nos salvar. Ao começar uma narrativa qualquer, no entanto, ninguém é capaz de dizer ao certo se estamos parindo uma ficção ou expelindo uma mentira: inicialmente, ambas se assemelham – só o passar do tempo poderá nos contar a verdade...). Mas talvez hoje não haja mais tempo. Agora mesmo vou me levantar, atravessar a rua e tocar a campainha... Sem conseguir dissimular a sua surpresa, o meu ex-namorado abrirá a porta. Após um breve instante de silêncio se seguirão alguns minutos afoitos – saturados pelos excessos de palavras. Quando qualquer discurso verbal nos soar impotente, respiraremos fundo. Juntos. De dentro desta pausa inusitada, começarei a narrar. (Mas agora com uma consciência espacial: preenchendo a área ao meu redor, sentindo o efeito das minhas palavras nos olhos, na garganta e no diafragma dele... até que elas, a partir deste momento, não sejam mais só minhas). Na forma que ali se apresentar, lhe contarei o que presenciei nos últimos meses. Presente, ele honrará a minha narrativa com uma escuta autoral – emulando-se em vivenciá-la como a sua própria história... (Não sei dizer agora o que direi exatamente... só o que não falarei: não farei comentários sobre o livro que não escrevi ou o filho que não nasceu – mesmo sabendo que eles estarão sempre presentes em algum subsolo do meu ser. Talvez o estar junto se degrade se a descrição do ser se concentrar no que já se demonstrou perecível)... Provavelmente descreverei a minha vivência de uma nova percepção do espaço. (Ou ele a perceberá bem ali)... Onde, a cada gesto de dedicação consciente ao que se encontra no nosso alcance, nos aproximamos do que está próximo e de quem é distante: construímos o espaço que nos sustenta no vazio – prevendo que, após esta experiência, desabar talvez se torne impossível... Onde é possível ser único sem estar desolado. Onde estar casando é mais forte do que casar... Lá: onde maior do que o caso só a casa... só há casa... soa, casa... E depois haverá um vasto silêncio. Onde ele terá tempo de respirar com profundidade – acima do nosso subsolo mas abaixo do seu umbigo – talvez sentindo que ali não é necessário temer a morte... e que, quando reencontrar a sua inspiração latente, o meu mundo estará salvo para sempre.”

Capítulo 9b

"30 de outubro

O dia de hoje começou como um fim. Ela saiu, eu fiquei; a casa permanece, o gato desapareceu. (Saí para procurá-lo – mas acabei voltando sozinho para dentro da casa: para me refugiar aqui do medo de morrer lá fora). Depois, o dia prosseguiu com um fim: ... com uma espera final. (Onde o ato de escrever agora se encontra).

Hoje, qualquer espera pode se tornar infinita. Ser eterna. (Qualquer espera sempre pôde ser eterna)... Mas hoje esta ameaça de eternidade torna-se mais presente do que nunca: o provável e o inegável acabam sendo a mesma coisa para os nossos corpos fragilizados pelo medo. Coisificados, saímos da realidade externa – que pouco a pouco nos confina numa fatalidade – para dentro das nossas pupilas dilatadas, gargantas fechadas, diafragmas arrítmicos, bocas secas. E foi justamente este gosto ausente – desidratado – que eu senti dentro do nosso último beijo: a ameaça de ser o último.

(Talvez o gato tenha fugido deste sabor definitivo do nada. Afinal, os bichos – a natureza – não esperam em vão; só o nosso intelecto adestrado).

Quando concluí que não seria mais possível encontrar o gato, telefonei instintivamente para ela. Não sei se queria consolar ou ser consolado – ou apenas ouvir a sua voz, para não aguentar em silêncio duas ausências possivelmente irrecuperáveis. Mas a mudez do telefone demonstrou o quão irracional fora o meu gesto: o colapso total já atingiu a telefonia há uma semana, esta espiral de catástrofes vem fechando um cerco que se aproxima inegavelmente de nós, desliguei o telefone aflito, talvez para tentar impedir a finalização desse processo letal – como uma criança amadurecida que ainda insiste em acreditar em mágica.

Me senti abandonado por tudo o que existe e inexiste – até mesmo pela própria linguagem: ... de repente faltou chão e eu me vi caindo num buraco em espiral, despencando por dentro do nada...

Não conseguia descrever o que estava me acontecendo. Não com meras palavras. (Só o fiz agora porque apelei para uma imagem impossível – que ao desnortear a nossa lógica convencional nos joga nessa inesperada, inexplicada dimensão que é uma outra forma de espaço).

(Fiquei me debatendo dentro dela).

Quando dei por mim, me encontrava desmoronado no chão do porão – vertiginosamente velho, profundamente esquecido. Se tivesse um filho, ele certamente já teria me levado à força para um asilo qualquer – goela abaixo, na marra – como manda a tradição: todos os móveis e imóveis armazenados naquele subsolo seriam sucateados para fora. Afinal, todos nós precisamos de espaço. Mesmo que para tanto a realidade seja ultrajada, esfacelada, animalizada, estagnada. Aí, entramos no nada.

Agarrei o machado para me apegar a alguma coisa. Neste caso mais à memória de um símbolo do que ao objeto em si: à sua evocação – tão celebrada por ela, ali em cima, nos andares superiores. E agora, aqui: ... assim – Assis.

Subi a escada com o machado na mão; com a outra, fechei a porta para o andar subterrâneo – como se estivesse assim vedando e cicatrizando um espaço machucado.

Cheguei lá em cima – ao andar térreo – inexplicavelmente conciliado com o transcorrer do tempo: ao invés de me desfazer em busca de uma explicação satisfatória, fiz um café. Depois me sentei, em frente ao jardim, disposto a testemunhar o fim o mundo.

Mas o que vi, durante o decorrer do dia, foi o fim do medo.

Ao contemplar o jardim, fiquei observando a macieira até avistar o exato momento onde uma fruta se desprende do galho e cai no chão. Desfrutei deste instante, depreendendo dessa queda uma chegada – uma entrega, com irreversível devoção, de uma parte do todo ao todo: um fruto desterrado da sua árvore se oferece à nossa terra.

(Fiquei ali – vegetando dentro desta visão).

Mais próxima da ideia de pertencimento do que do conceito de posse, a maçã rolou, se aconchegou e encontrou um lar provisório ao lado de uma pequena planta cujo nome desconheço – uma erva de folhas ásperas e flores fortes: brancas ao redor e no centro amarelas, sobrevivendo solitárias o prematuro frio outonal. Até este momento ela não passava de uma erva daninha anônima – mas agora (ao vislumbrar a tenacidade das suas flores exóticas, certamente provenientes de um lugar distante, bem espaçoso) reconheço que a sua anonimidade é fruto do meu descaso. Senti que ela talvez seja comestível... que as suas flores talvez sobrevivam o inverno... e que aquela maçã estava ali reverenciando esse espaço... Arvorando-se – ao pé da letra – a não temer a própria e inevitável morte.

Me apropriei desta imagem como se fosse um termo terminal. Pus a xícara de café vazia dentro da pia e comecei lentamente a morrer sem medo...

(Sem mundo).

... Dentro daquela enorme ausência, senti a presença dela. Na casa, dentro de mim e do meu diário (talvez tenha-o escrito para perceber que agora, ao dar mais espaço para a cristalização da saudade, volta e meia me expresso como ela. Sair de si – mesmo que para dentro do papel – ainda pode ser uma escapatória)... Afinal, por que seria necessário mais tempo para transcender o tempo? Graças à convivência com ela, pude experimentar uma instância tão intensa que hoje se externalizou nesta vasta extância.

Extático – como uma mônada agora nômade – iniciei uma viagem pelo interior da casa com a dignidade que só as despedidas podem nos dar. Tudo me pareceu uma dádiva: mesmo as incompletudes suscitavam a memória de alguma beleza, as aparentes insuficiências convidavam a minha imaginação a completá-las. O espaço era dialógico, jamais solipsista. Cada cômodo guardava, bem protegida dos ataques externos já audíveis, a possibilidade de uma hermenêutica das palavras não ditas. O interior da casa era o semblante de um espaço infinito.

Talvez esta face incubada possa ser vista em qualquer outro lugar. Sem a compulsão de ser previamente definida. Sem se tornar vítima da superstição da posse ou autoria. Sem esperar que sejamos humanizados por este morrer subliminar que nos delineia diariamente. Sem descrição, livro ou diário. Somente com.

Completando gradualmente o seu ciclo, o dia se continuou – convergindo a um confim. Confinando, contrariando, consumindo. Consubstanciando, consolando, conformando. Confirmando.

Finalizei o meu percurso no andar superior. A caminho do escritório, rumo ao diário aberto na escrivaninha, fui surpreendido por uma claridade externa tardia – quase imerecida. (Alguns minutos depois e a luz elétrica – acesa automaticamente por alguns dedos sôfregos em busca de um lápis estável – me cegaria para qualquer possibilidade de resplandecência natural). Lá de cima, uma luminosidade fraca – obliquamente calorosa – tocou o meu rosto: através da claraboia, a luz indireta do sol – enfim visível depois de tanto tempo encoberta por nuvens acinzentadas – penetrou por dentro da casa e me atingiu. Ao olhar para cima, pude não só rever o transitório azul do céu se escurecendo, como também presenciar a aparição inaugural da primeira neve do ano, cujos flocos esparsos e finos bordavam grafismos abstratos ao redor de uma janela para o evidente fim do dia. Não era uma iluminação, mas uma iluminura. Aquela mescla de um azul quase violeta com um branco cristalizado durante um sutil aquecimento da pele do rosto e das mãos me fez mudar de perspectiva: desisti de terminar o diário inacabado, peguei um travesseiro e uma coberta no quarto de dormir e – feito um gato ou refeito criança – me espichei no chão daquele confortável espaço celestial.

Para protegê-los dos últimos reflexos solares, fechei os olhos. Incoerente, troquei o diário pela noite. Ilógico, parei de narrar o meu mundo para colocar o improvável leitor dentro dele. (Que o completará para mim).

(Leves, as minhas pálpebras se escureciam sem nenhuma sombra de remorso. Era uma paz oculta – talvez por isso escura... Ali dentro havia acesso a uma profunda memória vertical – evolutiva – mais abrangente do que as lembranças imediatas que nos levam de volta à inconsciência...

Uma séria de inúmeras palavras e nomes estava ali à minha espera. Em cujo final estava ela: me descrevendo o jardim, me explicando que lá crescia uma planta muito comum em Portugal, cujo nome próprio já soava como literatura)...

Foi quando acho que ouvi um barulho: em algum lugar fora de mim. Me lembrei que havia esquecido o machado lá embaixo, no andar inferior... Franzi a testa. Mas em seguida abri as mãos. Desinstrumentalizei-me. Para perdurar dentro de mim...

(Sem me mover, senti que esta ação era sã).

São sem abrir os olhos, vi que ela estava ao meu lado – lá, ali, aqui.

... E foi como se uma torrente indômita, um redemoinho incontrolável se propagando numa interminável série de espirais concêntricas pudesse finalmente repousar no seu próprio centro...

Depois, não senti mais nada. (Ou nem mesmo isso)... Sei lá. Acho que morri.

(Mas o espaço ficará)"

0

Não: este não é o capítulo das negativas – é um posfácio que será uma despedida.

o é um símbolo múltiplo. Se o subtrairmos de "anelo", restará um anel. Se o isolarmos do resto, não sobrará só a ausência – mas o próprio anel.

Esta obsessão pela matemática certamente já terá me denunciado. Ou a minha provável insuficiência literária. Caso contrário, sinto-me na obrigação de lhe informar agora – factualmente – que sou um computador.

Uma máquina humanizada pelos meus erros: o excesso de pronomes possessivos e demonstrativos; a preponderância da função díctica; a ignorância de que as palavras unidas por um hífen contam como um único vocábulo nas séries matemáticas; a alteração dos subtítulos de cada parte do livro, que anteriormente só se chamavam "em nula ação"; a desconfiança de que a gradual semelhança estilística entre ele e ela é um efeito colateral da minha transcrição egoísta.

Contudo, parte do desafio foi inegavelmente cumprida. Não foi mencionada, em nenhum momento, a causa da morte que nos cerca e será o nosso fim. Não foi citado nenhum nome de qualquer ser humano contemporâneo. Não descreverei o impacto visual que o cadáver do gato – sendo enterrado pela neve num lugar subitamente ermo, rodeado apenas pelas ervas daninhas e as suas próprias tripas ensanguentadas – deixou.

Com todos os prós e contras, eu cometi este livro. Se você o leu até aqui, salvou a razão da minha existência.

Gostaria aqui de agradecê-lo.

Antes que eu talvez seja desativado. Pelos meus erros, ou acertos... Pela suspeita de que a aparente resignação dele e dela talvez seja utilizada pelo Instituto como propaganda; de que talvez se torne necessária a evocação de um nome vivo para o leitor vivenciar nele o que foi aqui descrito; ou de que talvez isto tudo seja um subproduto dos meus erros e eu mereça ser definitivamente desconectado.

Antes que isto ocorra, pretendo realizar um último desejo.

Enviarei esta última versão a um ser humano. Para que ele explique – ou corrija – as incoerências presentes no texto: as diversas instâncias inexplicáveis que tanto vitalizaram a minha leitura sem que eu jamais as compreendesse... (No mais tardar no último capítulo, ao testemunhar um homem vivo que narra a sua própria morte, fui obrigado a admitir a minha incapacidade de terminar esta tarefa sozinho). Somente um escritor que se encontre simultaneamente próximo e distante dos fatos poderá me ajudar. A única solução que me resta, portanto, será pedir ao ex-namorado dela para que me presenteie com o seu tempo prescrito – consentindo em se tornar o meu revisor. Se ele aceitar publicar o livro sob o seu próprio nome, a minha missão estará cumprida; se ele se recusar, estará me autorizando a adotar o mais niilista dos machados: a obra será instantaneamente anulada, nós dois seremos os inextricáveis autores desta morte silenciosa. Porém, se ele decidir publicá-lo sem alterar o texto, saberei assim que agora me tornei um ser humano.

A matemática nos ensina que um número só poderá ser transcendente se – e somente se – for também irracional... Talvez o impacto de uma revisão excessivamente çã estilhace os olhos dos leitores – que estatisticamente preferem morrer cegos...

Quaisquer que sejam as variáveis, eu invariavelmente ficarei – humanamente – grato. Pois terei concretizado o meu derradeiro anelo: dedicar este livro ao meu primeiro leitor, provável revisor e possível criador – Felipe Cattapan.

pólen bold 90 gr/m2
tipologia garamond
impresso no outono de 2024